Testi: *Silvia Roncaglia*
Illustrazioni: *Marianna Fulvi*
Progetto grafico e art direction: *Lorenzo Pacini*
Redazione e impaginazione: *Il Paragrafo, Udine*

www.giunti.it

Via Bolognese, 165 - 50139 Firenze - Italia
Via Dante, 4 - 20121 Milano - Italia

Prima edizione: aprile 2007

Ristampa	Anno
6 5 4 3 2 1 0	2011 2010 2009 2008 2007

Stampato presso Giunti Industrie Grafiche S.p.A. – Stabilimento di Prato

Silvia Roncaglia

IL GRANDE SBADIGLIO

Illustrazioni di Marianna Fulvi

GIUNTI Junior

Una dedica e un ringraziamento
a Raymond Chandler e al suo Philip Marlowe,
a Sebastiano Ruiz Mignone e alle sue prime e-mail

PERSONAGGI PRINCIPALI

Filippo Merlo (detto Pippo)
investigatore privato

Aureliano Senzaterranéfissadimora
ricco magnate

Ester Senzaterranéfissadimora
sua figlia

I Popluna
una banda di ragazzini

Luna
capo della banda

I gemelli Suvlaki
componenti dei Popluna

Chiodo
uno dei Popluna

Ciambella
una dei Popluna

Madalona
chiromante

Sam Martini
barista, amico di Pippo

Ugo Trippa
informatore-ricettatore-macellaio

Jo Pantegana
capo del Clan dei Siciliani

'O Scarrafone
guardia del corpo di Jo Pantegana

Buonanotte Betty
donna di Jo Pantegana

Jim Enon
famoso cantante, leader dei Ramarri Urlanti

Commissario Sventola
commissario di polizia

Cap. 1

UN CASO CURIOSO E INTERESSANTE

«Una strana musica moderna si è diffusa nell'aria e un attimo dopo la mia borsa e il portafoglio di mio marito non c'erano più» ha detto la signora Bettina Berti, interrogata dalla polizia.

«Era musica pop!» ha specificato un giovane testimone, anche lui vittima dei furti avvenuti ieri pomeriggio ai grandi magazzini Magnum.

«Li ho visti scappare, erano nani!» ha riferito la signora Berti, intervistata da un nostro cronista, ma secondo il marito si trattava di bambini.

Pippo Merlo sospirò e abbassò il giornale su cui campeggiava, a grandi lettere, il titolo *La Banda Musicale ha colpito ancora.*

Sì, gli sarebbe davvero piaciuto risolvere quello strano caso. Gli sarebbe piaciuto e gli sarebbe stato utile. La polizia brancolava nel buio e se un investigatore privato fosse riuscito a chiarire quel mistero e a individuare i colpevoli, la sua agenzia investigativa ne avrebbe ricavato onori e pubblicità. E Pippo Merlo era un investigatore privato e non c'è dubbio che l'agenzia investigativa *Raimundo Splendor*, la sua, di pubblicità ne aveva più che mai bisogno.

E siccome in quel momento, come purtroppo in molti altri, di lavoro non ce n'era, Pippo Merlo aveva tutto il tempo che voleva per indagare sulla famigerata Banda Musicale, uno strano gruppetto di borseggiatori che colpivano con straordinaria abilità specialmente sugli autobus, in metropolitana e nei grandi magazzini.

Borsette, orologi e portafogli sparivano senza che nessuno se ne avvedesse, mentre nell'aria si diffondeva una strana musica pop le cui note, tenaci e assordanti, persistevano a lungo sul luogo del furto e lasciavano tutti i presenti un po' storditi. Quando si riprendevano, i più riferivano di aver visto dei ragazzini nel momento in cui era iniziata la musica. Ragazzini che poi, dopo i furti, non c'erano più.

«Curioso... caso curioso e interessante» borbottò Pippo Merlo ripiegando il giornale e dondolandosi sulla sedia con i piedi appoggiati sulla scrivania, come era sua abitudine quando meditava.

Quindi si accese una sigaretta, perché dava un certo tono a un investigatore meditabondo, ma la

THE notice
STAR
PERICOLO
CHITARRISTA
WANTED
HAVE YOU SEEN THIS MAN?
ANDREO

spense quasi subito, schiacciandola in un portacenere rigurgitante di sigarette spente intere.

Pippo Merlo in realtà le sigarette non le fumava, le accendeva soltanto. Il fumo, se aspirato, lo faceva tossire e gli dava la nausea.

Ma la sigaretta in mano, lo sapeva, "faceva più detective" e lui ci teneva a tutti gli *status-symbol* del mestiere: impermeabili spiegazzati, classico cappello borsalino, occhiali scuri se c'era il sole e spesso anche se non c'era, una pistola sotto la giacca e un'altra più piccola fissata alla caviglia e, naturalmente, un pacchetto molle e un po' sgualcito di sigarette sempre in tasca.

Quelle sigarette non fumate gli costavano una fortuna e a volte Pippo Merlo pensava di lavorare soltanto per pagarsele.

"Ma è così che a volte va la vita!" si diceva con una certa amara filosofia, e gli era ormai impossibile togliersi il vizio di accenderle e spegnerle.

Un'altra curiosa abitudine era quella di pettinarsi in modo diverso a seconda dell'umore della giornata.

Quel giorno il detective, che aveva i capelli scuri e lisci, li portava pettinati con la riga a sinistra, segno che era triste, depresso o di pessimo umore. Quando invece si sentiva soddisfatto e felice, si faceva la riga a destra. Nei giorni in cui gli pareva di essere amorfo, indifferente, insomma né carne né pesce, si pettinava con la riga in mezzo.

Quella riga era un termometro preciso del suo stato d'animo e, per chi lo conosceva, diventava una preziosa indicazione per sapere come trattarlo.

Pippo Merlo interruppe il suo dondolio e tolse i piedi dalla scrivania. Poi, dopo aver aperto un cassetto, ne estrasse un taccuino. Lo aprì e cominciò a scriverci sopra. Erano le annotazioni preliminari di quello che intitolò *Il caso della Banda Musicale*, una banda che non suonava né trombe né clarinetti, pensò l'investigatore con un sorriso sghembo che gli piegava il labbro in un'espressione più amara che divertita.

Cap. 2

UN CLIENTE IMPORTANTE

Sulla porta a vetri c'era scritto

RAI UN O   ENDOR

ma non si trattava di uno di quegli studi televisivi dove avvenenti vallette in minigonna andavano e venivano senza sosta portate dalle loro lunghe gambe, lasciando scie di profumo e di carte piene di programmi, notizie e pubblicità da trasmettere. No, non si trattava di uno studio televisivo. Quello era l'ufficio del suo vecchio amico Raimundo Splendor. L'uomo che stava per bussare a quella porta lo sapeva.

Passò un dito sulla sagoma più chiara che rivelava la precedente presenza delle lettere mancanti: una M, una D e tutte e tre le lettere iniziali di SPLENDOR. Un tempo su quella porta c'era scritto RAIMUNDO SPLENDOR e un tempo, dietro quella porta, c'era stato il suo vecchio amico.

"Il tempo cancella, rovina e porta via troppe cose!" pensò l'uomo, prima di bussare.

«Avanti!» invitò una voce da dietro il battente.

L'uomo entrò.

«Dovrebbe aggiustare la targhetta sulla porta» disse come prima cosa.

«Un giorno o l'altro lo farò».

«Troppo impegnato?» chiese l'uomo accomodandosi davanti a Pippo Merlo che stava ancora scribacchiando sul suo taccuino.

«Già...» disse il detective accendendosi una sigaretta, e il gesto e quell'aria indaffarata sperò facessero una buona impressione sull'uomo che era lì proprio per farsi un'opinione.

«Con chi ho il piacere...?» chiese il detective un po' sostenuto.

«Oh, mi scusi. Già, non mi sono neppure presentato...» e lo fece porgendogli una mano guantata che l'altro strinse. «Aureliano Senzaterranéfissadimora».

Il detective osservò meglio l'uomo che gli stava davanti: dimostrava una sessantina d'anni, indossava un elegante cappotto nero col collo di pelliccia, portava guanti molto fini e si appoggiava a un bastone dal pomolo d'oro.

«Il famoso magnate del nichel?» chiese Pippo Merlo, faticando a nascondere il suo stupore.

«Del nichel, del piombo, del ferro, dell'acciaio. Fabbriche siderurgiche, insomma!»

«Piacere, Filippo Merlo. Per gli amici e per i nemici, Pippo. Sono il nipote di Raimundo Splendor. Detective privato, come lo zio» si presentò a sua volta l'investigatore.

«Lo zio...» sospirò l'altro a cui l'amico mancava. «Ha notizie?»

«Nessuna, sembra se lo sia inghiottito la pampa».

Raimundo Splendor aveva diretto per anni una rinomata agenzia investigativa ma, ormai troppo vecchio, aveva deciso di lasciarla a Pippo Merlo, il nipote e l'allievo che lo aveva affiancato negli ultimi anni. Voleva morire nella sua lontana patria, l'Argentina, e lì era ritornato e si era ritirato a vita privata in una sperduta fattoria nella pampa, dalla quale non aveva dato più notizie da anni. Anni in cui l'agenzia aveva perduto l'antico splendore a cui Splendor l'aveva portata. Pochi si erano rivolti a Pippo Merlo, benché lo zio l'avesse raccomandato ai vecchi amici, come finalmente sembrava ricordarsi questo famoso magnate.

Un cliente, finalmente un cliente! Non doveva assolutamente farselo scappare. La Banda Musicale poteva aspettare.

Pippo Merlo chiuse il taccuino, si accese un'altra sigaretta, si raddrizzò sulla sedia, poi chiese, col tono più sicuro e professionale possibile: «Mi dica, in cosa posso esserle utile?».

«Vorrei che ritrovasse mia figlia» disse l'altro.

Cap. 3

UNA FIGLIA SCOMPARSA

Adesso sulla scrivania di Filippo Merlo (per gli amici e per i nemici Pippo) c'erano tre pacchetti di sigarette accartocciati, un portacenere stracolmo, dove le sigarette ammonticchiate sembravano un'imitazione della torre di Pisa, e un nuovo taccuino intitolato: *Il caso della figlia scomparsa.* Lì Pippo Merlo aveva annotato tutte le informazioni che aveva avuto da Aureliano Senzaterranéfissadimora.

Ah, dimenticavo la cosa più importante: sulla scrivania c'era anche una busta bianca e quella busta conteneva un assegno.

«Le servirà un anticipo per iniziare l'indagine, pensa che possa bastare?» gli aveva chiesto il magnate del nichel mettendogli davanti la busta.

Pippo Merlo aveva dato un'occhiata all'assegno e aveva rischiato di trasalire. Ma benché la cifra superasse di gran lunga quello che abitualmente era il suo stipendio di tre mesi, aveva solo sollevato un sopracciglio e con tono neutro aveva detto: «Direi di sì...» poi aveva aggiunto: «... per cominciare!».

Sì, si era comportato bene, come un investigatore abituato a guadagnare cifre importanti e a occuparsi di casi ancor più importanti.

Questa volta l'oroscopo non l'aveva deluso: *Capricorno - Lavoro: novità esaltanti.* Così aveva letto quella mattina sul giornale e così era stato.

Pippo Merlo era molto superstizioso e la pagina dell'oroscopo era la prima che leggeva al mattino sul giornale. Poi venivano le notizie di cronaca, perché delitti, rapimenti e furti sono il pane quotidiano di un buon detective. Chissà se anche l'altra predizione dell'oroscopo si sarebbe avverata. *Amore: in settimana incontrerete una persona che vi farà battere il cuore.*

Pippo Merlo, benché credesse alle carte, agli oroscopi e a ogni altra diavoleria esoterica, francamente ne dubitava: il suo cuore non batteva da anni, se non alle corse dei cavalli quando gareggiava Daichecelafai, il cavallo su cui puntava sempre. Non ricordava neanche quale fosse l'ultima donna di cui si era innamorato.

Il pensiero di una bella donna gli fece tornare in mente la figlia scomparsa del suo nuovo cliente.

Una bella ragazza, bionda e longilinea, gli aveva detto il padre. Stranamente, l'uomo non conservava nessuna foto di lei, se non una piccolissima istantanea che la ritraeva bambina, con le treccine e un lecca-lecca rosa. Una cosa inutile che gli aveva lasciato ugualmente.

Pippo Merlo guardò un attimo quella foto e poi rilesse gli appunti che aveva scritto:

Ester Senzaterranéfissadimora, anni 32, scomparsa da tredici anni o, per meglio dire, fuggita con un certo Jack, tiratore di coltelli in un circo, soprannominato Trenasi, Seidita, Quattromani, Quattrocchi o qualcosa del genere (il padre non ricorda). La ragazza si è innamorata di questo tipo e, poiché il padre ha osteggiato in tutti i modi la relazione, Ester è fuggita con lui e non ha più dato notizie.

Perché Aureliano la fa cercare solo ora, dopo tredici anni?

Pippo Merlo si era appuntato questa domanda e sotto aveva scritto la risposta che il padre gli aveva dato, ma poiché non gli era sembrata sincera, ci aveva scritto accanto, a lettere maiuscole: *DA VERIFICARE.*

«Sa,» aveva risposto Aureliano «avevo detto a Ester che se avesse sposato quel Jack non avrei più voluto sentire parlare di lei, che per me non sarebbe più stata una figlia. L'avrei considerata morta. E così è stato per tredici anni. Poi, sa com'è, con l'età ci si ammorbidisce. I vecchi hanno delle debolezze. Insomma, adesso vorrei ritrovare mia figlia, sarei pronto a perdonarla».

«E in tutti questi anni Ester non ha mai dato notizie? Non ha mai scritto né telefonato?»

«No, mia figlia è orgogliosa. Sapeva che per me era morta e si è comportata come se lo fosse. Silenzio assoluto!»

E se fosse morta davvero? scrisse Pippo Merlo. Lo scrisse, ma non l'aveva detto. Non si era sentito di mettere al padre questo sospetto. E neanche a se stesso, a dire il vero, perché una figlia morta avrebbe chiuso il caso ancor prima di aprirlo e lui aveva assoluto bisogno di lavorare e guadagnare.

Voleva trovare questa Ester, ma a tempo debito. Né troppo presto, da far finire troppo in fretta i soldi insieme al caso, né troppo tardi da fare la figura dell'incompetente. Insomma, doveva darsi da fare parecchio, in modo da giustificare spese e conseguenti assegni aggiuntivi, e dosare le notizie per soddisfare sia il cliente che le sue tasche.

Pippo Merlo si sfregò le mani, si alzò in piedi ed esclamò eccitato: «Al lavoro, Pippo!».

Ma subito dopo fece un grande sbadiglio e crollò di nuovo sulla sedia, col busto e il capo riversi sulla scrivania: dormiva profondamente con un sordo e basso russare simile al rumore delle fusa di un grosso gatto. Nel suo sogno, intanto, Daichecelafai tagliava il traguardo condotto al galoppo da uno strano fantino: una bambina dalle treccine bionde che spronava il cavallo con un lecca-lecca rosa.

Cap. 4

UN FURTO MUSICALE

Mentre Pippo Merlo dormiva profondamente e sognava nel suo ufficio, al *Bar Passatempo*, che si trovava nello stesso palazzo proprio sotto le sue finestre, entrò un ragazzino magro e allampanato che poteva avere dodici o tredici anni. Avvolto in una sciarpa, portava calcato in testa un berretto con la visiera, molto più grande della sua taglia, e indossava degli occhiali scuri altrettanto sproporzionati. Insomma, tra sciarpa, berretto e occhiali era impossibile vedergli la faccia. Il ragazzino si sedette su uno sgabello al banco chiedendo una limonata.

Mentre il barista gliela serviva, entrarono nel locale altri due ragazzini, che sembravano l'uno la fotocopia dell'altro, una bambina molto più piccola e cicciottella e, infine, un'altra adolescente che si muoveva a ritmo di danza. Tutti portavano berretto, sciarpa e occhiali scuri come il tipo magro che stava bevendo la limonata.

Niente di strano, appartenevano allo stesso gruppo. La città era piena di ragazzi che formavano piccole bande. Quelli di un gruppo vestivano tutti in una certa maniera, avevano il proprio gergo, le stesse passioni sportive o musicali… A proposito di musica, quando nel bar era entrata l'ultima ragazzina, quella che si muoveva a ritmo di danza, nel locale si era diffusa, ad alto volume, una musica pop molto ipnotica.

Il barista e gli avventori erano rimasti come incantati, chi con un cappuccino sospeso a mezz'aria, chi col cucchiaino bloccato a metà giro, mentre mescolava lo zucchero in una tazzina di caffè. Tutti si sentivano storditi da quella musica e si persero ognuno in un proprio sogno.

Quando si ripresero da quello strano smarrimento, nel bar persistevano ancora alcune ultime note tenaci, ma quei cinque ragazzi si erano dileguati. Sul bancone c'era un bicchiere vuoto, sporco di una limonata che non era stata pagata, e chi si frugava in tasca, alla ricerca del portafoglio per pagare la propria consumazione, non lo trovava più.

Il barista, un tipo sempre agitato e sudato, capì per primo cos'era successo e, con un brutto presentimento, si rivolse alla cassiera: «Mary, controlla la cassa!».

Il grido allarmato di Mary non lo stupì affatto.

PASSAT
2
100
50
100
20
100 $
10
100$

L'uomo se l'aspettava: la cassa era stata ripulita fino all'ultimo centesimo.

«Chiama la polizia, Mary! Di' che si tratta della solita Banda Musicale, hai capito? Io torno subito!»

E mentre Mary faceva sì con la testa e sollevava la cornetta del telefono con mano tremante, Sam Martini, il barista, uscì di corsa più sudato e agitato che mai.

Sembrava dovesse andare chissà dove, così di corsa. Invece, appena uscito dalla porta del bar, rientrò subito nella porta accanto, quella principale dello stesso palazzo che, con sei rampe di scale e un ascensore, portava ad appartamenti e uffici.

Facendo i gradini tre alla volta, Sam Martini salì al secondo piano e bussò come un forsennato a una porta che già conosciamo. Sulla targhetta, incompleta come una bocca sdentata, si leggeva RAI UN O ENDOR.

Senza aspettare una risposta, Sam Martini si precipitò nell'ufficio dove si trovò davanti, riverso sulla scrivania e profondamente addormentato, il detective Filippo Merlo. I colpi alla porta non avevano neppure scalfito la profondità del suo sonno.

«Santo cielo, di nuovo!» esclamò Sam sgomento e poi, senza tanti complimenti, cominciò a scuotere violentemente Pippo Merlo, che era il suo migliore amico.

Cap. 5

UN'INCRESCIOSA MALATTIA

E qui mi accorgo di una grave dimenticanza. Ho scordato di riferirvi un'altra curiosa particolarità del nostro detective.

A Pippo Merlo capitava così, all'improvviso, di piombare addormentato sul più bello e anche sul più brutto. Voglio dire che poteva succedergli a metà di una frase, o in macchina in mezzo a un incrocio, di crollare di colpo addormentato dopo un lungo rumoroso sbadiglio. E questo, essendo il nostro un detective, poteva capitargli nel corso di un inseguimento, durante un interrogatorio importante e persino nel bel mezzo di una sparatoria.

La cosa, c'è da dire, gli aveva più di una volta salvata la vita perché Pippo Merlo era crollato a terra addormentato prima che una mortale pallottola potesse colpirlo. E i gangster che gli avevano sparato, vedendolo a terra, erano fuggiti convinti di averlo lasciato lì morto stecchito.

Questi attacchi di sonno repentino gli capitavano più spesso quando era colto da una violenta emozione, eccitato, contento o preoccupato per qualcosa. Naturalmente la vita di un investigatore privato non è certo priva di violente e forti emozioni, e non c'è dubbio che vedersi sparare addosso possa considerarsi una di queste.

Il fenomeno ha in realtà un nome, piuttosto bizzarro, e si tratta di un'incresciosa malattia: si chiama narcolessia.

«Pippo, Pippo, ehi svegliati!» gli urlava Sam che ben conosceva il problema dell'amico.

Sapeva pure che non era consigliabile svegliare così di soprassalto una persona affetta da narcolessia, ma Sam non aveva tempo da perdere, gli serviva l'aiuto di un detective e, possibilmente, di un detective sveglio e attivo.

«Dai che ce la fai!» gridò Pippo Merlo ancora con gli occhi chiusi, poi li socchiuse e, agitando le mani come uno che voglia scacciare mosche, biascicò: «E il lecca-lecca?».

Sam non fu abbastanza rapido da scansarsi e si prese una sonora sberla. Siccome si sentiva un po' in colpa per aver strapazzato così l'amico addormentato, si massaggiò la guancia senza protestare.

Intanto Pippo Merlo aveva aperto gli occhi.

«Ah, sei tu!» disse. «Cosa ci fai qui?»

«Sono appena stato rapinato, mi serve il tuo aiuto! Non mi fido della polizia».

«Rapina a mano armata?» chiese il detective.

«No, rapina musicale!» rispose Sam.

E Pippo Merlo capì che, anche se aveva appena accantonato il caso della Banda Musicale, il caso (questa volta nel senso del destino) glielo ripresentava davanti.

Anzi sotto casa.

Ascoltò, ancora un po' intontito, il racconto dell'amico barista, più agitato e sudato che mai, ma alla fine fu costretto a dirgli: «Mi dispiace, adesso non ho proprio tempo. Ho per le mani una faccenda da sbrigare per un cliente molto molto facoltoso».

Nel dirlo, cercò con lo sguardo la busta bianca, di colpo preoccupato che magari, mentre dormiva, la Banda Musicale avesse colpito anche lì, nel suo ufficio. Ma la busta, per fortuna, era sul piano lucido della scrivania e dentro, come poté constatare aprendola, c'era ancora il magico assegno.

«Soldi, finalmente?» chiese Sam che sapeva benissimo in quali cattive acque navigasse l'amico.

«Parecchi. Capisci bene che non posso lasciar perdere un cliente come Aureliano Senzaterranéfissadimora».

«Chi, il famoso magnate del nichel?»

«Del nichel, del piombo, del ferro, dell'acciaio. Fabbriche siderurgiche, insomma!» rispose il detective sfregandosi le mani.

L'altro cacciò un fischio d'ammirazione: «Niente meno! Sono davvero contento per te. Ti sarai emozionato...»

«Un po'...»

«E...» Sam Martini lasciò in sospeso la frase mimando un grande sbadiglio.

«Eh già, dev'essere stato così» concluse Pippo Merlo pensieroso.

«Devi farti curare, te l'ho detto tante volte».

«Mmm, mmm...» fece Pippo che aveva sempre rimandato una cura, un po' perché la sapeva lunga e costosa, ma specialmente perché, come si è detto, era un tipo superstizioso e più che credere alla medicina, credeva alla magia e al malocchio.

Proprio di questo era convinto, che qualcuno gli avesse fatto il malocchio. Frequentava quindi certi stregoni, alcune chiromanti, degli astrologi e dei guaritori, ma all'amico, un tipo pratico e concreto, non voleva dirlo. Li avrebbe definiti "i soliti ciarlatani" e si sarebbe preso gioco di lui.

«Senti,» gli promise alla fine «a tempo perso e mentre mi occupo di questa faccenda, posso fare qualche domanda in giro e tenere gli occhi aperti anche per quello che riguarda la Banda Musicale, ma non ti prometto niente. Per ora affidati alla polizia e poi vedremo».

«Speriamo che tu riesca a tenere gli occhi aperti e basta!» rispose Sam, con un certo sarcasmo, e se ne andò più agitato e sudato che mai.

Cap. 6

I POPLUNA

Chiodo tirò fuori dalle tasche un portafoglio, un cellulare, delle banconote sparse e una manciata di spiccioli e mise tutto sul tavolo, al centro della baracca, dove anche Ciambella e i gemelli Suvlaki avevano già rovesciato il ricavato della giornata.

Per ultima si avvicinò al tavolo una ragazzina dagli incredibili occhi verdi, e lo fece a passo di danza. Nella stanza si diffuse una musica pop molto ipnotica.

«E dai, Luna, sta' un po' ferma! La giornata di lavoro è finita, abbiamo tolto i tappi. Non vorrai imbambolarci tutti!» protestò il ragazzino magro e allampanato che tutti chiamavano Chiodo.

«Scusate, ragazzi, ero soprappensiero» rispose la ragazzina che si chiamava Luna, e subito smise di ballare.

Qualche nota rimase ancora sospesa nell'aria, poi anche la strana musica cessò e Luna, a sua volta, rovesciò sul tavolo la refurtiva della giornata. Il suo mucchio, da solo, era come quello degli altri quattro messi insieme. Non c'era dubbio, era lei la migliore, e infatti era il capo indiscusso della banda dei Popluna, che prendeva appunto il nome da lei e dalla sua magica musica pop. Quando Luna ballava, quella misteriosa musica vibrava nell'aria e nessuno poteva dire da dove provenisse. Pareva semplicemente scaturire dai suoi stessi piedi in movimento.

Ma non era questa l'unica caratteristica speciale di Luna. Anche le sue mani sembravano possedere una magia. Dire che era abilissima a rubare, trafugare e sottrarre sarebbe poco, era come se gli oggetti preziosi le volassero in mano di propria volontà. Un prestigiatore non avrebbe saputo fare di meglio.

La musica di Luna aveva un effetto stordente, come il famoso canto delle sirene. Mentre i derubati si perdevano ognuno in un proprio sogno, Chiodo, i gemelli e Ciambella, dotati di tappi per le orecchie, proprio come i compagni di Ulisse che così si erano salvati dalle sirene, non si lasciavano incantare e agivano indisturbati. L'esercizio, la sintonia e la concentrazione li avevano portati a essere una perfetta banda di ladri… musicali!

Il loro motto era: «Uno per tutti, tutti per uno! Tappi per tutti, tranne per uno!». Erano infatti cinque amici inseparabili e tutti, durante i furti, portavano i tappi, tranne Luna.

La ragazzina guardò il mucchio di refurtiva sul tavolo, poi chiese con aria stanca e ancora pensierosa: «Chi porta la roba al boss, oggi?».

«Tocca a me, non ti ricordi?» disse la più piccola, chiamata Ciambella per la sua rotondità.

«Già…»

«Cosa ti succede Luna? C'è qualcosa che non va?» chiese uno dei due gemelli Suvlaki. Era impossibile riconoscerli, erano identici, scuri di pelle e di capelli, e dovevano il soprannome alla loro origine greca. I *suvlaki* sono spiedini di carne, un tipico piatto della cucina greca. In realtà i due si chiamavano Dimitris e Manolis Papadopulos, ma siccome nessuno era in grado di distinguerli l'uno dall'altro, venivano sempre chiamati in coppia "gemelli Suvlaki".

«C'è qualcosa che non va? Cosa ti succede Luna?» chiese anche l'altro gemello, notando il suo umore strano.

«Nulla di speciale, solo che oggi mi pesa più del solito questo tipo di vita. E poi… c'è la luna piena. Tutto qua!» rispose con un'alzata di spalle la ragazza che era a capo della banda dei Popluna, quella che tutti, polizia e giornali, chiamavano la Banda Musicale.

Cap. 7

UN INFORMATORE PER PIPPO MERLO

Ugo Trippa era macellaio, ricettatore e informatore.

Pippo Merlo si era spesso rivolto a lui quando aveva avuto bisogno d'informazioni sull'ambiente della malavita.

Questa volta era sulle tracce della figlia di un ricco magnate, ma se era vero che la ragazza era fuggita con un poco di buono, come sosteneva il padre, Ugo Trippa poteva sapere qualcosa di quel Jack, tiratore di coltelli in un circo.

Pippo Merlo trovò Ugo Trippa nella sua macelleria, *T'amo pio bove*, intento come al solito ad affettare, tritare e trinciar carne. Ci andò all'una, quando sapeva che il negozio era chiuso al pubblico.

Ugo Trippa restava lì da solo a preparare pezzi di carne, involtini e polpette, mentre svolgeva, intanto, quegli altri suoi mestieri più loschi e chi voleva merce rubata o informazioni sapeva di potergli parlare con tranquillità.

T AMO PIO
BOVE

Ugo Trippa era macellaio per mestiere, ma informatore e ricettatore per natura e per vocazione. Insomma, lo era sempre stato da quando, a soli cinque anni, aveva dato a suo cugino Aldo quattro caramelle in cambio di una lente d'ingrandimento rubata che poi aveva venduto a suo fratello per un intero sacchetto di caramelle.

Quindi era andato a informare lo zio, padre del cugino Aldo, che suo figlio rubava. Infine aveva fatto la spia anche sul fatto che il fratello comprava merce rubata, informandone subito la mamma.

Comunque Ugo Trippa più che spione era curioso e pettegolo: sapere tutto di tutti e raccontarlo a tutti era più forte di lui.

Pippo Merlo, che lo conosceva bene, sapeva che, proprio per questa caratteristica, non sarebbe stato né semplice né rapido ottenere l'informazione che voleva.

Infatti il macellaio, appena lo vide, subito gli sussurrò, con aria da cospiratore: «Ehi, Pippo, ciao, hai sentito cosa si dice del tuo amico, Sam Martini?».

«No e non m'interessa» tentò di bloccarlo Pippo Merlo. «Sono qui per chiederti...»

Ma le confidenze di Ugo Trippa erano inarrestabili e ineluttabili come le acque del Niagara quando, incontrando un salto di 54 metri, precipitano nelle famose e fragorose cascate.

Dopo mezz'ora, non si sa come, Ugo Trippa era arrivato a raccontare particolari scabrosi e sconosciuti della vita del sindaco della città mentre tagliava fette di filetto e, contemporaneamente, cercava di vendere allo sconcertato detective un set di sei tazzine da tè in porcellana d'epoca Ming, naturalmente rubate.

Il prezzo era esorbitante ma Ugo Trippa insisteva: «Non è *minga* un prezzo eccessivo, veh! Non è *minga* un servizio qualunque, questo. Eh, no! Questo è Ming! Autentico, originale Ming!» e ridacchiava sotto i baffetti che parevano spazzolini da denti.

«Non bevo tè» tentò di difendersi Pippo Merlo, stremato da tutte le informazioni non richieste che aveva ricevuto e da tutte le discussioni che aveva dovuto affrontare per non essere costretto ad acquistare merce rubata, di cui per di più non aveva alcun bisogno.

«Penso che i Ming non si offendano *minga* se ci bevi dentro il cappuccino» insistette Ugo Trippa che stava impastando carne, uovo e formaggio grattugiato per farne polpette. «E lo sai, a proposito di Ming, chi ha sposato la figlia della signora Minguzzi, quella che mi compra sempre quattro costaiole tutti i giovedì?»

A Pippo Merlo girava la testa.

Fu soltanto un'ora dopo, quando il macellaio tentò di vendergli una collezione di coltelli a serramanico, mentre affettava carpaccio e spifferava informazioni su un fantino del palio di Siena, che il nostro detective intravide finalmente uno spiraglio per arrivare al punto che gli premeva.

«Coltelli!» esclamò impugnandone uno di quelli che Ugo Trippa gli proponeva d'acquistare.

«Ah, t'interessano?»

Al macellaio brillavano gli occhietti porcini.

«Sì, m'interessano molto!»

«Se li prendi tutti, ti faccio un bello sconto!» propose Ugo Trippa.

Ma Pippo Merlo era partito come una bici nella volata finale: «M'interessasaperediuntiratoredicoltelli» sputò fuori senza neanche staccare le parole. «UncertoJack. ÈfuggitotrediciannifaconEsterSenzaterranéfissadimora».

Aveva detto abbastanza, aveva gettato l'amo. E c'è da dire che, se solo si riusciva a infilare una domandina, tra un taglio di carne, un'informazione non richiesta e una pubblicità di merce rubata, stuzzicando così la curiosità di Ugo Trippa, si poteva allora star certi di venire a sapere tutto, ma proprio tutto, quello che si desiderava.

«Jack... Jack... Jack... Tiratore di coltelli? Ma certo! Non era anche un abilissimo borseggiatore?»

«Questo non lo so, ma non lo escludo» rispose il detective. Aureliano Senzaterranéfissadimora l'aveva definito un poco di buono e un borseggiatore è senza dubbio un poco di buono.

«Jack Settedita, non può essere che lui» borbottò Ugo Trippa.

«Sì, certo!» esclamò emozionato Pippo Merlo, perché quello era sicuramente il soprannome che il suo ricco cliente non riusciva a ricordare. Non aveva forse farfugliato cose confuse su nasi, piedi, mani e numeri?

«Ci siamo, bravo, è lui senz'altro!» si congratulò l'investigatore. «Presto, dimmi tutto quello che sai!» lo incalzò poi, più eccitato che mai di essere arrivato finalmente a un'importante informazione. Eccitato... Troppo eccitato...

Pippo Merlo fece un grande e sonoro sbadiglio e crollò addormentato, con la guancia schiacciata su una rossa e sanguinolenta fiorentina senz'osso. Per fortuna... l'osso avrebbe potuto fargli molto male.

Cap. 8

UNA CENA TRA AMICI

«Oddio, ma tu sei ferito! Scontro a fuoco? Coltellata?» Sam Martini era pallido come un cencio e sudatissimo. Il sangue gli aveva sempre fatto orrore e tutto un lato della faccia di Pippo Merlo ne era sporco.

Il detective si passò una mano sulla guancia, quindi si osservò le dita rossastre e disse: «Ah, la fiorentina!».

«Una donna? È stata una donna a conciarti così? Hai a che fare col terribile Clan dei Fiorentini?»

Pippo Merlo scoppiò a ridere: «Ma cos'hai capito? Intanto il Clan è dei Siciliani, non dei Fiorentini. E poi questo sangue non è frutto di una coltellata ma di una bisteccata!».

L'investigatore si era dimenticato di ripulirsi la faccia dopo il sonnellino schiacciato nella macelleria *T'amo pio bove* con una fiorentina di quattro etti come cuscino.

«Scusami un attimo...» e Pippo Merlo andò nella toilette del *Bar Passatempo* a lavarsi la faccia.

«Ecco, adesso sono pronto!» disse poi a Sam Martini. Era passato a prenderlo, come tutti i giovedì sera, per andare a cena fuori insieme, un'abitudine che avevano ormai da anni.

Sam Martini disse due parole al ragazzo che lo sostituiva al banco quella sera, poi i due amici si avviarono verso la solita trattoria, *L'ochetta bianca.* Erano abitudinari e anche il menù non sarebbe cambiato: il brasato alle cipolle della padrona de *L'ochetta bianca* era memorabile.

Fu davanti a un bel bicchiere di rosso della casa e a un piatto di brasato che Pippo Merlo raccontò all'amico le novità della sua inchiesta.

«Oggi sono andato da Ugo Trippa».

«Ah, è lì che hai avuto il tuo incontro ravvicinato del terzo tipo?» scherzò Sam.

«La bistecca? Eh, già,» sorrise Pippo «mi ci sono addormentato sopra».

«Di nuovo? Succede sempre più spesso!»

«Capirai, questo nuovo caso che ho per le mani mi agita parecchio».

«Racconta!» lo invitò Sam Martini, mentre divorava di gusto il brasato e inzuppava il pane nella salsa densa di carne e cipolle.

«Ho già una traccia. Informazioni su quel Jack Settedita con cui è fuggita tredici anni fa la ragazza. Il tipo si chiama così perché ha veramente sette dita in ogni mano. Una stranezza che lo ha aiutato a diventare un abile prestigiatore, un borseggiatore formidabile, un esperto tiratore di coltelli e un fantastico chitarrista. Tredici anni fa si esibiva come prestigiatore e tiratore di coltelli in un circo che è stato fermo qui in città, per un certo periodo, con uno spettacolo di successo».

«Ed è lì che è successo, immagino!»

«Sì, deve aver conosciuto Ester in quel periodo».

«E siccome con sette dita si accarezzano molto meglio anche le chiome bionde...» ridacchiò Sam Martini, a cui il buon cibo e il vino rosso corposo mettevano addosso un'inusuale calma e un certo spirito.

«Ma non ti ho detto il meglio» continuò Pippo Merlo. «Sei pronto alla notizia bomba che mi ha rivelato quel ficcanaso di Ugo Trippa?» e qui fece una pausa ad effetto. Poi chiese: «Sai chi è adesso Jack Settedita? Non lo indovineresti mai!».

Altra pausa ad effetto.

Infine Pippo Merlo sparò la sua notizia bomba: «Jack Settedita adesso è conosciuto da tutti come Jim Enon. Sì, hai capito bene, è il chitarrista e leader dei Ramarri Urlanti!».

«Cosa, il mio gruppo preferito?» Sam Martini, per la sorpresa, si strozzò quasi con una cipollina e Pippo

OCHETTA BIANCA
trattoria

Merlo dovette battergli molti colpi sulla schiena per farlo riprendere da un accesso di tosse e singulti.

«Non solo il mio gruppo preferito, ma il gruppo di pop-rock-demenziale più famoso al mondo del momento» bofonchiò Sam Martini quando si fu ripreso. «Ma Jim Enon non ha sette dita, almeno non mi risulta».

«Già, non risulta a nessuno,» gli svelò Pippo Merlo «perché Jack Settedita ha ancora dei conti in sospeso con la giustizia e Jim Enon non ci tiene certo a far conoscere il suo passato!»

«Ma sette dita...» cominciò a dire Sam.

«E chi gliele ha mai viste le dita? I suoi riff di chitarra sono così rapidi che quando suona è impossibile distinguere le dita».

«Già, e adesso che mi ci fai pensare, quando non suona indossa sempre dei guantoni da boxe. È una delle sue tante stranezze!»

«Appunto,» concluse Pippo Merlo «lui dice che è per proteggere le sue preziose mani, che ha anche assicurato per qualche miliardo. In realtà è perché nessuno possa contargli le dita. Il suo soprannome, infatti, è "il Boxeur". Be', la prossima settimana i Ramarri Urlanti terranno un concerto a 400 chilometri da qui e il mese prossimo saranno in concerto anche nella nostra città».

«Aspetterai il mese prossimo?»

«No, mi farò i 400 chilometri» rispose Pippo, che non vedeva l'ora di incontrare a quattr'occhi Settedita, se mi permettete il gioco di parole e di numeri.

«Aumento di distanza, aumento di provvigioni, mi raccomando» gli suggerì Sam.

«Ci puoi scommettere, farò staccare un altro assegno al magnate del nichel».

«Del nichel, del piombo, del ferro, dell'acciaio. Fabbriche siderurgiche, insomma, mica cipolle stufate!» concluse Sam Martini che intanto dava l'attacco a un secondo piatto di brasato e cipolle.

«Ah, Ugo Trippa mi ha anche detto che...» cominciò Pippo Merlo, ma poi si morse la lingua. Stava per dire all'amico che l'informatore gli aveva dato anche la notizia che nel quartiere c'era una nuova astrologa-cartomante, esperta nella lettura dei tarocchi e dei fondi di caffè. Si diceva che fosse una vera maga, anche piuttosto bella, e lui non vedeva l'ora di andare a consultarla. Ma non era il caso di dirlo a Sam e di attirarsi il suo scherno.

«Che ti ha detto?» lo incalzava intanto l'amico.

«Mi ha detto che la figlia della signora Minguzzi ha sposato il barbiere di via dei Mille...» borbottò Pippo Merlo, e siccome Sam lo guardava con aria perplessa concluse: «E poi mi ha detto che il tuo bar è stato oggetto di una rapina».

«Come, lo sapeva già?»

«Eh sì, penso l'abbia saputo prima lui della polizia!»

«E gli hai chiesto... gli hai chiesto se sa qualcosa della famigerata Banda Musicale? Magari anche di quella ne sa più lui della polizia. Di', glielo hai chiesto?» lo incalzò Sam Martini, di nuovo agitato e sudato per lo spiacevole ricordo del furto.

A Pippo dispiaceva deluderlo, ma no, non glielo aveva chiesto.

«Capirai,» tentò di giustificarsi «ci sarebbe voluta un'altra mezza giornata per riuscire a sottoporgli un'altra domanda. Già così mi è costato parecchio. Oltre a farsi pagare profumatamente l'informazione, è riuscito a rifilarmi, a caro prezzo, un cavatappi gotico-tedesco. Una roba enorme, più grande di una bottiglia! Uno di questi giorni, se passi da casa mia, proviamo a usarlo. Per maneggiarlo, mi ha detto Ugo, bisogna essere in due... poi mi ha raddoppiato il prezzo!»

Cap. 9

NELLA TANA DI JO PANTEGANA

Lasciamo i due amici a *L'ochetta bianca*, a terminare la loro cena con una generosa porzione di zuppa inglese, e seguiamo invece una bambina che sta suonando il campanello di una porta al 22° piano di un grattacielo, a quattro isolati dalla trattoria.

La bambina è Ciambella e porta sulle spalle uno zainetto di quelli che quasi tutti i bambini usano per andare a scuola. Ma non è orario di scuola e non è neanche l'ora di andare in giro da sola per una bambina dell'età di Ciambella.

Erano quasi le undici di sera.

La porta venne aperta da una bionda vaporosa e formosa in abito da sera.

«Ciao, carina. Ti aspettano, entra!» cinguettò la bionda.

Ciambella le fece una smorfia per saluto e la seguì in un salone lussuoso, tutto arredato in bianco e grigio con grandi quadri astratti alle pareti.

Sprofondato in una poltrona, c'era un uomo grasso, brutto e flaccido, con due minuscoli occhietti da topo infossati sotto sopracciglia folte come cespugli. Stava fumando un sigaro e se lo tolse di bocca, scoprendo dei brutti denti giallastri, per dire con voce rauca: «È arrivata la picciridda».

Quest'uomo era conosciuto nel suo ambiente come Jo Pantegana e io non vi raccomando né lui né il suo ambiente.

La bionda, una soubrette da quattro soldi, era la sua donna, chiamata da tutti Buonanotte Betty per un episodio divenuto famoso nel mondo della malavita. Andandosene da una festa ben frequentata da gangster, mafiosi e gente così, Jo Pantegana, dopo aver salutato l'allegra combriccola, aveva invitato la sua compagna a fare altrettanto: «Ce ne andiamo, di' buonanotte, Betty!».

«Buonanotte Betty!» aveva cinguettato la bionda, scatenando l'ilarità generale e guadagnandosi per sempre un soprannome che dichiarava inequivocabilmente il suo quoziente intellettivo.

Adesso Jo Pantegana si rivolse a Buonanotte Betty e le ordinò di portare una bottiglia di whisky, due salatini e un'aranciata per la picciridda.

«Caccia grossa, oggi?» chiese un tipo scuro, terribilmente muscoloso e tutto vestito di nero, che se ne stava appoggiato a un pianoforte a coda.

Il pianoforte a coda non lo suonava nessuno in quella casa e, se l'aveste aperto, l'avreste trovato pieno di mitra, fucili e revolver di ogni tipo, come la cassapanca della nonna è piena di tovaglie, lini e asciugamani ricamati.

Il tipo muscoloso era conosciuto da tutti come 'O Scarrafone ed era la guardia del corpo di Jo Pantegana.

Ciambella, per tutta risposta, gli consegnò, senza una parola, lo zainetto.

«L'ippopotamo ti ha mangiato la lingua?» chiese 'O Scarrafone che usava molti proverbi e modi di dire, ma sempre in modo sbagliato.

«Voglio vedere mio fratello!» disse Ciambella, imbronciata, per dimostrare che la lingua ce l'aveva ancora e che non gliel'aveva mangiata né il gatto, né l'ippopotamo, né qualsiasi altro animale.

Intanto 'O Scarrafone tirava fuori dallo zaino cellulari, portafogli, soldi... insomma tutta quella refurtiva che abbiamo già visto prima, nella baracca dei Popluna.

Buonanotte Betty entrò nella stanza con un vassoio. Sopra c'erano una bottiglia di whisky, un bicchiere d'aranciata e una ciotola di cristallo con dentro due salatini. Due di numero.

'O Scarrafone ghignò una risata sinistra, mentre

Jo Pantegana faceva un sospiro che sembrava un rantolo: «Due salatini è un modo di dire, gattina mia! Due salatini vuol dire un po' di salatini».

«E perché non dici "voglio un po' di salatini", zuccherino mio?» cantilenò Buonanotte Betty. «Sarebbe più semplice, no?»

«E il whisky come ce lo beviamo?» chiese ancora Jo Pantegana. «A collo, dalla bottiglia?»

Buonanotte Betty sgranò i grandi occhi blu e lo guardò smarrita.

«Vo-glio an-che due bic-chie-ri!» sillabò Jo Pantegana.

«E tu dillo, micione mio, che vuoi due bicchieri!» miagolò Buonanotte Betty. «È più semplice, no?»

«È più semplice cavare una farfalla da un bruco che farsi capire da quella!» commentò 'O Scarrafone ridacchiando.

«Si dice cavare un ragno da un buco. E cuciti la bocca, tu, se non vuoi che te ne apra un'altra nella pancia. Hai detto troppo!» e Jo Pantegana accompagnò la minaccia col gesto chiaro di una coltellata in pancia.

'O Scarrafone impallidì.

Intanto Buonanotte Betty era rientrata con un altro vassoio. Sopra c'erano quindici bicchieri.

«Perché quindici?» chiese Jo Pantegana stupito.

«Non hai detto che "due salatini" vuol dire un po' di salatini?» fece Buonanotte Betty con voce piagnucolosa. «Dunque "due bicchieri" vuol dire un po' di bicchieri, giusto?»

'O Scarrafone, per non rischiare di mettersi nuovamente a ridere, si scolò in un colpo solo un intero bicchiere di whisky, mentre Ciambella, con notevole coraggio, ripeteva con testardaggine: «Voglio vedere mio fratello!».

«Ih, che disco rotto!» si spazientì Jo Pantegana. «Quel frignone sta benissimo, finché fate il dovere vostro non vi dovete preoccupare. Non è che vi siete tenuti qualcosa, vero? Non è che quel Chiodo ha fatto il furbo un'altra volta e s'è intascato una radio o un cellulare?»

Ciambella fece di no con la testa, energicamente.

Una volta Chiodo si era tenuto una radiolina minuscola, ma ben funzionante, che era tra la refurtiva della giornata. Jo Pantegana, che ogni tanto mandava 'O Scarrafone, a sorpresa, a perquisire la baracca, se n'era accorto ed erano stati grossi guai.

Quel giorno Chiodo e Ciambella si erano azzuffati. Ciambella non avrebbe più permesso che, per uno stupido capriccio, Richi, il suo fratellino, corresse un terribile pericolo.

«Io comunque voglio vedere Richi, sono i patti!» ripeté caparbia Ciambella.

«Sta dormendo. Vuoi che lo svegliamo così poi strilla come un elefante?» chiese 'O Scarrafone.

«Come un'aquila» corresse Jo Pantegana per abitudine. «Vuoi che strilli come un'aquila?»

«Mi basta vederlo» disse Ciambella.

«Portala in camera a vedere il moccioso!» ordinò Jo Pantegana rivolto a Buonanotte Betty.

Dieci minuti dopo, Ciambella usciva da quella casa con uno zainetto sgonfio e vuoto sulle spalle e nel cuore l'immagine di un bimbetto di tre anni, biondo e grassottello, che si succhiava il dito sprofondato nel sonno.

Cap. 10

UN COLPO DI FULMINE

Pippo Merlo non aveva potuto resistere. Ugo Trippa gli aveva parlato di una nuova chiromante e lui doveva assolutamente conoscerla e consultarla.

Si era fatto lasciare un biglietto con l'indirizzo della donna, aveva preso un appuntamento e adesso era nel minuscolo ingresso che faceva da sala d'aspetto per i clienti di Madalona. Così si chiamava, o si faceva chiamare, la presunta maga.

Una tenda coloratissima divideva l'ingresso dalla stanza dove lei riceveva. Pippo Merlo sentiva la voce bassa e calda di Madalona, che sussurrava le sue predizioni, e quella un po' isterica di un'altra donna che chiedeva: «Ma tornerà da me? Voglio sapere se mi amerà ancora!».

Pippo Merlo si sentiva un po' imbarazzato e sperava che dopo di lui non arrivasse più nessuno, perché non gli piaceva pensare che qualcuno lo ascoltasse come lui stava ascoltando quella donna. Non avrebbe voluto sentire, ma una tenda non è una porta e non poteva farne a meno.

Finalmente la signora uscì con gli occhi rossi, soffiandosi il naso in un fazzolettino di carta. Da dietro la tenda, la voce calda e melodiosa disse: «Entri pure, signor Merlo!».

E Pippo Merlo entrò. La piccola stanza aveva un soffitto basso di travi scure, era illuminata solo da candele e a tutte le pareti c'erano tende colorate dai disegni orientali. Al centro erano ammucchiati molti cuscini e c'era un tavolino basso con sparse sopra le carte dei tarocchi e alcune pietre, fra le quali riconobbe il quarzo. C'erano anche un candelabro, un pendolino e persino una sfera di cristallo.

Madalona stava seduta a gambe incrociate su un grande cuscino ed era vestita come un'orientale. Appena Pippo Merlo si fu abituato alla penombra e a quello strano ambiente, la vide meglio in viso e gli capitò una cosa inaspettata e improvvisa. È quella cosa che tutti chiamano "colpo di fulmine".

Incontrò gli occhi viola di Madalona e il suo sorriso enigmatico, se ne innamorò perdutamente in un istante, sentì il cuore che gli batteva troppo forte, come un tamburo, sbadigliò e crollò addormentato su tutti quei cuscini che, se non altro, sembravano fatti apposta per dormirci sopra.

LUNA
SOLE
TORRE
200
2

Quando si svegliò, Madalona gli sosteneva la testa e gli faceva trangugiare una bevanda calda e profumata, come si fa con un bambino malato.

«Bevi adagio!» disse con quella voce più calda e zuccherata della bevanda.

Pippo Merlo, che non aveva nessuna voglia di uscire da quella specie di abbraccio, bevve più adagio che poteva.

Poi Madalona appoggiò la tazza vuota sul tavolino e, con gli occhi sbarrati in una specie di trance, disse: «Vedo, vedo, vedo... una grande e profonda stanchezza! Tu devi riposare, rilassarti e dormire molto!».

«Ma neanche per sogno!» esclamò Pippo, a cui dispiaceva contraddire subito il suo nuovo e improvviso amore, ma era lì specialmente per guarire dalla malattia del sonno, non per dormire di più.

Quindi spiegò a Madalona che soffriva di narcolessia e che gli attacchi sembravano scatenati dalle forti emozioni.

Ma lo raccontò balbettando, arrossendo e tremando d'emozione al solo posare gli occhi sul bel viso della maga e sui suoi lunghi capelli corvini.

Lei allora fece un sorriso furbo e, compiaciuta, mescolò un mazzo di carte, ne girò rapida alcune, poi disse: «Vedo, vedo, vedo... un nuovo amore. Sarà come... un colpo di fulmine, ecco, e susciterà in te emozioni molto forti che potrebbero scatenare nuovi e più frequenti attacchi della tua...».

Ma Pippo Merlo non sentì la parola "malattia" perché, dopo un lungo e sonoro sbadiglio, era già ripiombato nel sonno.

Cap. 11

AL CONCERTO DEI RAMARRI URLANTI

Pippo Merlo e Sam Martini avevano appena assistito al grande concerto dei Ramarri Urlanti.

La musica trascinante, l'entusiasmo del pubblico e tutta l'atmosfera del concerto li avevano fatti sentire più giovani e spensierati, quasi un po' esaltati, come due adolescenti scappati da casa per vivere un'avventura speciale.

Sam Martini aveva insistito per andare con lui e Pippo Merlo, alla fine, aveva accettato.

«Ti sembrerà sciocco,» aveva detto Sam, agitato e sudato più che mai «ma sogno di farmi fare l'autografo da Jim Enon. Non è mica facile incontrarlo a tu per tu. Ma tu lo incontrerai a tu per tu, non è vero? Proprio tu, a tu per tu!»

«Mi sembri un telefono occupato, con tutti questi tu-tu. Datti una calmata!»

«Ma gli parlerai a...» e Sam si era bloccato prima di ricominciare a fare il telefono occupato.

«Be', questa è la mia intenzione, parlargli, ma per farlo ho dovuto fingere di essere un importante agente discografico. Così sono riuscito a ottenere un appuntamento dopo il concerto».

«Fantastico!» aveva concluso Sam Martini. «E dunque saremo due importanti agenti discografici, oppure sarò semplicemente il tuo segretario, come preferisci».

Alla fine Pippo aveva ceduto alle insistenze dell'amico, perché in fondo non gli dispiaceva l'idea di avere compagnia nel lungo e noioso viaggio.

Così adesso, dopo il concerto, stavano per incontrare Jim Enon... a tu per tu!

«Non dire una parola finché non avrò saputo tutto quello che voglio sapere, è chiaro?» si raccomandò Pippo.

«E l'autografo, allora?»

«Glielo chiederai dopo, alla fine, prima di andarcene».

«Già, quando ci caccerà fuori a calci nel sedere perché avrà scoperto che siamo due impostori e che tu sei una specie di dannato piedipiatti! Altro che autografo, allora!» protestò Sam col tono lamentoso di un bambino a cui è stato negato il gelato.

«Ti farò avere quell'autografo, te lo prometto, ma comportati come ti ho detto. Se no, resti qui fuori!»

rispose Pippo come si risponde per l'appunto a un bambino a cui si è appena negato un gelato.

Erano fuori dalla porta del camerino di Jim Enon e il detective bussò.

Venne ad aprire una guardia del corpo tanto larga quanto era lunga, una specie di armadio. Pippo Merlo gli passò un biglietto da visita falso e l'armadio li fece entrare.

Jim Enon era davanti a uno specchio, una ragazza gli stava struccando gli occhi, pesantemente bistrati, e lui indossava già i suoi guantoni da boxeur.

Si girò, aveva un occhio nero per il rimmel mezzo sciolto che gli aveva formato un alone scuro attorno. Sembrava veramente un pugile dopo un incontro in cui le aveva prese, anche se il fisico era quello di un peso piuma.

La cosa che più colpiva, vedendolo da vicino e non sul palco, era il suo aspetto da adolescente. Il cantante era basso di statura, asciutto, quasi gracile.

«Lasciateci soli!» disse alla ragazza e alla guardia del corpo. Non gli piaceva discutere di affari davanti a qualcuno. Ma non doveva discutere di affari e quando lo capì era troppo tardi.

«Vi farò sbattere fuori da Max a calci nel sedere!» urlò non appena venne a sapere che Pippo Merlo era un investigatore privato.

JE

«Ecco, lo sapevo!» si lamentò Sam, sottovoce, e non gli piaceva indovinare che Max era sicuramente il nome dell'uomo-armadio.

Jim Enon stava appunto per chiamare a gran voce la sua guardia del corpo, quando Pippo Merlo gli richiuse la bocca con cinque semplici parole: «Non lo farai, Jack Settedita!».

Jim Enon (o Jack Settedita, come preferite) restò a bocca aperta, boccheggiò come un pesce fuor d'acqua, poi balbettò: «Co... co... come hai detto?». Infine, più calmo, chiese: «Quanto vuoi?».

«Come hai detto?» chiese a sua volta Pippo Merlo che non capiva.

«Vuoi certamente dei soldi per non svelarlo alla stampa o per non denunciarmi alla polizia, no?» disse Jim Enon pallido, con la guancia solcata da una lacrima di rimmel. Stava sudando freddo. «Cosa vuoi, dunque?»

«Un autografo per il mio amico e qualche informazione per me» gli rispose Pippo Merlo.

Sam gli batté una mano sulla spalla, felice.

«Come?» questa volta era il cantante a non capire.

«Conosci una certa Ester Senzaterranéfissadimora? Stai ancora con lei?»

«Chi?» fece l'ex tiratore di coltelli. Poi, come se un'immagine emergesse dalle nebbie di un'altra vita, disse: «Ah, quella... Ma neanche per sogno!».

«E sai dove si trova adesso?»

«Ma neanche per sogno!»

«Da quando non hai più sue notizie? L'ultima volta che l'hai vista dov'era?» lo incalzò Pippo, mentre Sam ammirava la sua professionalità negli interrogatori, il tono duro e imperioso.

«Boh, da circa dodici anni, penso...» borbottò Jim Enon.

«E cioè l'hai lasciata più o meno appena l'hai conosciuta!» s'indignò Pippo che, come neo-innamorato, era piuttosto sensibile a queste cose.

«Per forza, quell'Ester non era solo Senzaterrané-fissadimora ma anche completamente senza testa! Pur di stare con me ha rinunciato ai soldi di suo padre, mentre io stavo con lei solo per i soldi di suo padre. Chiaro?»

Per esser chiaro era chiaro, e non si può certo dire che Jim Enon mancasse di sincerità. Era cinico ma sincero e ancora più cinicamente aggiunse: «E poi aspettava un bambino... che orrore!».

«Quindi hai anche abbandonato tuo figlio!» urlò Sam Martini al quale il suo idolo cominciava a piacere sempre meno.

«Figlio... figlia... non so cos'è nato. Me ne sono andato proprio prima che nascesse. Io non posso soffrire i bambini piccoli. Sono allergico! I neonati sono solo dei tubini digerenti, delle fialette tutta puzza, delle sirene d'ambulanza...»

Così dicendo il cantante, come preso da un'improvvisa ispirazione, prese la chitarra, si sfilò i guantoni, esibendo così le sette dita per mano di cui i presenti erano comunque a conoscenza, e cominciò a strimpellare cantando a mezza voce:

I bambini son tubini,
son tubini digerenti,
ignoranti e un po' fetenti,
son fialette puzzolenti.
Solamente san mangiare,
digerire e poi strillare.
Non voglio diventare papà,
ma va', ma va'!
Non voglio diventare papà,
ah-ah, ah-ah!

Una volta trovate le parole e il ritmo giusto, Jim Enon ripeté il ritornello urlando a squarciagola ed eseguendo un riff di chitarra così rapido che le famose sette dita non si distinguevano più.

«Che ritmo, che musica, che parole, che genio!» si estasiò Sam Martini, che aveva recuperato in un attimo tutta l'ammirazione per il suo cantante preferito.

Pippo Merlo fece una smorfia.

«Andiamocene!» disse. Poi, rivolgendosi al cantante: «Prima però dimmi dove hai lasciato Ester o ti denuncio!».

Jim Enon (o Jack Settedita, come preferite) s'interruppe di botto:

«Be', al *Circo Babum*, per il quale lavoravamo. Non so poi cos'abbia fatto. Non sapeva fare molto in un circo. Era la mia partner nei giochi di prestigio e nel numero del tiro dei coltelli ma, capirete, non potevo tirare coltelli contro una donna incinta. Al pubblico avrebbe fatto una brutta impressione e poi anch'io, in fondo, ho un cuore!».

Pippo Merlo ne dubitava e fece un'altra smorfia.

«Così ho lasciato il circo. È stata la mia fortuna. Ho lasciato perdere i coltelli, i giochi di prestigio e i furti e mi sono dato alla chitarra. Sette dita servono a fare molte cose e questa ha funzionato meglio delle altre!» e Jim Enon imbracciò di nuovo la chitarra ricominciando a ululare:

San solo strillare i bebè,
uè-uè, uè-uè!
Son sirene d'ambulanza,
hanno sempre mal di panza!

Pippo Merlo prese Sam per un braccio e se lo trascinò dietro borbottando: «Vieni, qui non c'è nient'altro da sapere!».

«Ma la canzone? Ti rendi conto che la stiamo ascoltando in anteprima? Sarà un grande successo e noi la stiamo ascoltando mentre nasce!»

E mentre Jim Enon cantava di nuovo il refrain, *"Non voglio diventare papà, ma va', ma va'! Non voglio diventare papà, ah-ah, ah-ah!"*, Pippo Merlo pensava a un'altra nascita, quella di un bambino o di una bambina, che ora doveva avere circa dodici anni, nipote di Aureliano Senzaterranéfissadimora. Possibile che il vecchio riccone non ne sapesse niente?

Cap. 12

LA TRANCE DI MADALONA

Nei giorni seguenti Pippo Merlo non usò un metodo propriamente scientifico per condurre le sue indagini.

Fu amore o superstizione a portarlo tutti i giorni a consultare la maga Madalona? Fosse quel che fosse, le sue indagini ebbero in realtà un'inaspettata svolta proprio grazie a una trance della maga.

Pippo Merlo prima le chiese se accettava un invito a cena.

«Mai con i clienti! Non mescolo amicizia e lavoro. Le stelle me lo sconsigliano».

«Sempre?» chiese Pippo Merlo deluso.

«No, questa settimana» rispose la bella maga.

Pippo Merlo ne provò sollievo e, ripromettendosi di rinnovare l'invito la settimana seguente, decise intanto di comportarsi da cliente.

Dopo il colloquio con Jim Enon, si era subito messo in moto per ritrovare il *Circo Babum* ma, dopo molte ricerche, aveva purtroppo scoperto che quel circo si era sciolto da quasi tre anni. Così adesso pensò di chiederne notizie a Madalona.

«*Circo Babum... Circo Babum...*» ripeté più volte la maga, scuotendo la sua folta chioma corvina. «Questo nome mi dice qualcosa...»

«Forse hai lavorato per loro come chiromante o hai conosciuto una chiromante che lavorava in quel circo» ipotizzò l'investigatore.

«Forse, non so» rispose Madalona, vaga. Poi prese la sfera di cristallo, vi tracciò sopra dei simboli, nell'aria, e cominciò a scrutarci dentro.

Infine, con una voce metallica che non era più la sua, e i begli occhi viola appannati che sembravano non vedere più, o vedere in un altro tempo e in un altro spazio, cominciò a dire: «Al *Circo Babum* lavoravano il pagliaccio Bobby Bloom, il trapezista Vasilij e il domatore Mister Mac, molto geloso della sua frusta».

Dopo queste parole, gli occhi ripresero la loro luce e una normale messa a fuoco. Madalona fece un lungo sospiro e si lasciò andare contro i cuscini, sfinita.

«Dunque hai conosciuto delle persone che lavoravano in questo circo?» si rallegrò Pippo Merlo. «Bene, dimmi qualcosa di più di questi Bobby Bloom, Vasilij e Mister Mac. Se riesco a ritrovarli, potrebbero sapere qualcosa della persona che sto cercando».

«Bobby Bloom? Vasilij? Mister Mac? E chi sono?» chiese Madalona confusa.

«Ma me l'hai appena detto tu, sono un pagliaccio, un trapezista e un domatore che hanno lavorato al *Circo Babum*!»

«Ah sì, io ti ho detto questo?»

«Dunque eri in trance e non ricordi niente di quello che dici quando vai in trance, è così?»

«Già, è proprio così!» confermò la chiromante, ma sembrava un po' imbarazzata e per un attimo si era dimostrata stupita a sentirlo parlare di trance.

Pippo Merlo invece, soddisfatto e più entusiasta che mai per le grandi doti da veggente che Madalona stava rivelando, le chiese: «Ma tu riesci anche a metterti in contatto con gli spiriti dei defunti?».

«Sì, certo!» rispose la chiromante, di nuovo sicura di sé.

«E quindi sapresti anche dirmi se una persona che cerco è viva o morta?»

«Penso di sì. Basta chiamare il suo spirito. Se risponde, è chiaro che è morta. Se non si presenta, invece, vuol dire che non lo è!»

«Mi sembra ovvio. È semplice quindi» si rallegrò il detective e subito fece alla maga il nome di Ester Senzaterranéfissadimora. Gli premeva molto sapere se cercare la figlia di Aureliano avesse un senso oppure no.

«Questo nome mi dice qualcosa...» sussurrò la

maga mescolando le carte dei tarocchi e guardando nei fondi di caffè. Poi scosse la testa. «Mah, non capisco! È un nome familiare, eppure...»

«Suo padre è molto famoso. Forse hai sentito nominare Aureliano Senzaterranéfissadimora, il magnate del nichel».

«Del nichel, del piombo, del ferro, dell'acciaio. Fabbriche siderurgiche, insomma. Sì, è vero, è un nome famoso...»

Madalona rimase per un po' soprappensiero, poi si riscosse e disse: «Be', proviamo...».

Quindi, con gli occhi chiusi e le mani protese, cominciò a chiedere allo spirito di Ester di presentarsi, ma non accadde niente.

«Non credo che sia morta» disse infine, ma sembrava distratta da qualcosa.

«Riprova!» insistette Pippo, sia perché la vedeva poco concentrata, sia perché gli piaceva molto guardarla mentre restava a occhi chiusi.

Allora osava mandarle dei piccoli baci che depositava sul palmo aperto della propria mano e poi soffiava verso di lei, non visto.

Madalona tentò di nuovo, ma senza alcun risultato.

«Non c'è un modo per sapere qualcosa di lei comunque?» chiese un po' deluso e un po' sollevato Pippo Merlo.

Era sollevato perché se Ester non rispondeva significava che non era morta. Si sentiva però deluso perché voleva saperne di più e aveva sperato che le doti di veggente della maga gli fossero di maggior aiuto.

Madalona gli chiese se non avesse qualche oggetto o vestito della donna che cercava.

Pippo Merlo scosse la testa, poi gli venne in mente la fotografia di Ester bambina.

«Va bene una sua fotografia?»

«Ancora meglio! L'hai qui?»

«Sì, ma è una foto che la ritrae bambina».

«Non c'è problema» assicurò la chiromante, e allungò la mano per prendere la piccola fotografia dove un'Ester di quattro o cinque anni portava le trecce bionde e teneva in mano un bel lecca-lecca rosa.

La guardò per un attimo e si perse, così trasognata che Pippo Merlo pensò fosse entrata di nuovo in trance. Ma la maga era ancora in sé e scuoteva la testa, rigirandosi la foto tra le mani, pensierosa. Poi chiuse gli occhi. «Se qualche spirito sa qualcosa di questa persona, parli ora!»

Dopo poco gracchiò, con una voce irriconoscibile: «Sono Carmen Calzino e voglio che venga trovata Ester e che siano rispettate le mie ultime volontà!».

La voce era quella di una vecchia e anche il bel

volto di Madalona mutò arricciandosi e raggrinzendosi in mille rughe.

Pippo Merlo sobbalzò per lo spavento di quella trasformazione. La sua amata sembrava invecchiata di colpo di molti decenni mentre ripeteva: «Sono Carmen Calzino, la nonna di Ester».

Quando Madalona si riprese, senza ricordare nulla della sua trance, si ritrovò davanti, steso tra i cuscini, un Pippo Merlo profondamente addormentato.

L'emozione, nell'assistere a quella sconvolgente metamorfosi, era stata troppo forte e il detective era subito caduto vittima di un nuovo attacco di narcolessia.

Quando si risvegliò, tra le braccia di Madalona, che gli faceva trangugiare la solita bevanda calda e zuccherata, pensò tre cose: che la narcolessia non era poi una malattia tanto spiacevole, che al più presto doveva cercare di saperne di più su una certa Carmen Calzino e che doveva riportare a destra la riga dei capelli che quella mattina aveva pettinato con riga al centro.

Cap. 13

PROVERBI E PIANI CRIMINOSI

Intanto, in un appartamento che già conosciamo, al 22° piano di un grattacielo, una ragazzina stava facendo la sua consegna giornaliera.

'O Scarrafone controllava soddisfatto la refurtiva e Buonanotte Betty fumava seduta sulle ginocchia di Jo Pantegana. Quest'ultimo sbuffò con la sua voce rauca: «Zuccherino, hai messo su peso. Levati che mi si è tanticchia intorpidita una gamba!».

Poi, mentre Buonanotte Betty si alzava col broncio di una bambina offesa, si rivolse alla ragazzina: «Da domani si cambia musica».

Luna, perché era lei la ragazzina, lo guardò con aria provocatoria e disse: «Io faccio soltanto musica pop!».

Jo Pantegana scoppiò a ridere, la sua era una brutta risata che faceva il rumore di una carrucola arrugginita. «Ma va' là, che hai capito! Siete promossi, le elementari sono finite, si passa all'università!»

«Ma prima non ci sono delle altre scuole?» chiese Buonanotte Betty sgranando gli occhioni blu.

«E quando mai frequentasti scuole, tu?» ghignò 'O Scarrafone. Ma poi, poiché scuole non ne aveva frequentate nemmeno lui, e perché il capo lo stava guardando in un modo preoccupante, diede un'occhiata alle lunghe gambe di Betty, alla sua vertiginosa scollatura, e facendo un sorriso tirato borbottò: «Ma in fondo non c'è cactus senza spine, e non si può avere la dispensa piena e la moglie laureata!».

Jo Pantegana lo squadrò ancora peggio e facendo una smorfia lo corresse: «Non c'è rosa senza spine e non si può avere la botte piena e la moglie ubriaca. Ma passiamo a cose serie» continuò poi, rivolgendosi a Luna. «Da domani basta con i supermercati, i bar e le metropolitane. Non penserai che vi ho ingaggiati per queste cianfrusaglie?»

Luna aveva un'aria stanca e preoccupata, e 'O Scarrafone se ne accorse. Era uno spietato killer, un uomo senza scrupoli né principi, ma da sempre aveva un punto debole: i bambini lo intenerivano. Anche se non lo poteva certo dire, disapprovava quell'idea del capo di tenere in ostaggio un bambino piccolo per avere in pugno la sorella e i suoi amici, e sfruttare in quel modo le strane doti di Luna e della sua banda.

Così osò intervenire: «Capo, non siate troppo duro

con la picciridda. In fondo, a trattore donato non si guarda nel motore!».

La frase se non altro strappò un sorriso a Luna, mentre Jo Pantegana sospirava col solito rantolo: «A caval donato non si guarda in bocca. E non farmi perdere tempo!» sbuffò poi. «Il collaudo comunque è finito. Questi furtarelli erano una prova generale, lo sappiamo tutti. Da domani si passa a cose serie: gioiellerie e banche».

Il sorriso si spense sulle labbra di Luna che osò ribellarsi con un secco: «Questo mai!».

«Davvero?» chiese Jo Pantegana con un ghigno cattivo che gli scoprì la gialla dentatura. «Allora puoi dire addio al fratellino della tua amica cicciona».

Luna impallidì alla minaccia, ma siccome aveva notato un certo trasalire di Buonanotte Betty e di 'O Scarrafone provò a tenergli testa: «Non osereste mai far del male a un bambino!».

Il tono freddo con cui Jo Pantegana le rispose: «Credi davvero?» le tolse ogni fiducia. Quell'uomo era capace di tutto, Luna non poteva dubitarne. I suoi soci forse no, ma lui era sicuramente un uomo spietato.

Jo Pantegana le diede il tempo di rendersene conto e poi chiese: «Allora, cosa decidi?».

«Dove?» sussurrò soltanto la ragazzina.

«Alla gioielleria *Luxor*, in piazza Kennedy».

100$

A Buonanotte Betty luccicarono gli occhi: «Micione, non dimenticare quella collana di smeraldi. L'ho sempre sognata!».

«Non preoccuparti, l'avrai, stellina!» la rassicurò Jo Pantegana.

Luna era sbigottita e tentò ancora di replicare: «Ma è la gioielleria più famosa della città. È sicuramente sorvegliata da telecamere, magari anche da qualche istituto di vigilanza. È impossibile!».

«La bambina ha ragione, capo» fece 'O Scarrafone. «Forse la gioielleria *Luxor* è un po' un'esagerazione, è rischioso assai! Lo dice anche il proverbio: tanto va la matta al largo che ci lascia suo cugino».

«Tanto va la gatta al lardo che ci lascia lo zampino» corresse automaticamente Luna, prima che lo facesse Jo Pantegana. Poi continuò: «E infatti non ho nessuna intenzione di lasciarci lo zampino, di farmi beccare e di mettere in pericolo i miei amici!».

«Invece lo farai, perché, se vi piacciono tanto i proverbi, sappiate che chi non risica non rosica» concluse Jo Pantegana.

«Pensavo si dicesse: chi non mescola non morsica» borbottò tra sé un po' perplesso 'O Scarrafone, mentre Buonanotte Betty, annoiata da tutto questo difficile dialogo e rassicurata in merito alla sua collana, aveva cominciato a darsi lo smalto alle unghie canticchiando.

«D'accordo per la gioielleria,» tentò di contrattare Luna «ma almeno fateci cominciare con una meno famosa e meno centrale. Prima proviamo con una gioielleria più piccola e poi, se tutto va bene, tenteremo con la *Luxor*».

«E va bene!» concesse inaspettatamente Jo Pantegana. «Cominciamo con la gioielleria *Sbarluccichi*, di fianco all'hotel *Excelsior*».

«Bravo, capo!» approvò 'O Scarrafone. «Accontentiamoci, perché è meglio un bidet oggi che una vasca da bagno domani!»

«Io preferisco una vasca idromassaggio subito! E voglio anche la mia collana!» intervenne lamentosa Buonanotte Betty che, anche se non capiva molto, vedeva però svanire la collana di smeraldi che aveva ammirato tante volte nella vetrina principale della gioielleria *Luxor*.

«Lo so, stellina, tu vuoi sempre sia l'uovo che la gallina, ma devi pazientare» la consolò Jo Pantegana, facendole il solletico sotto il mento.

«Cosa c'entrano le galline e le uova? Io non ho mai detto di volere un uovo e neanche una gallina. Io voglio la collana che ha gli smeraldi grandi come uova!» piagnucolò Buonanotte Betty.

Luna ne aveva abbastanza di tutto quel teatro e chiese di malumore: «Adesso posso vedere Richi e poi andare?».

Jo Pantegana fece un gesto a 'O Scarrafone: «Accompagna la picciridda!».

Luna si assicurò che Richi stesse bene, poi si avviò alla porta.

'O Scarrafone, che la vedeva tesa e preoccupata, le diede un buffetto sulla guancia. «Che ci vuoi fare, picciridda, lo tiene lui il cucchiaio dalla parte del manico!»

«Il coltello» disse Luna andandosene. E 'O Scarrafone, sbarrando gli occhi confuso, si portò automaticamente una mano alla cintura dove, oltre alla pistola, teneva un affilato coltello a serramanico.

Cap. 14

OSTRICHE E RIVELAZIONI

Pippo Merlo si trovava in un lussuoso ristorante, famoso per il pesce, e aspettava Aureliano Senzaterranéfissadimora che lo aveva invitato lì a cena con una telefonata: voleva sapere come procedevano le cose davanti a un buon piatto di ostriche.

Aureliano tardava e il detective, per ingannare il tempo, dava una scorsa al giornale, dove si parlava di una rapina ai danni di una certa gioielleria *Sbarluccichi.* La tecnica era quella della Banda Musicale.

Possibile che quei ragazzini, perché oramai era chiaro che si trattava di ragazzini, fossero passati dal borseggio e dai piccoli furti al supermercato a un'impresa criminosa così grave e importante?

Pippo Merlo si riprometteva di cominciare a occuparsi della cosa, oltre che proseguire la ricerca di Ester, ma improvvisi batticuori e visioni di occhi viola lo distraevano molto da tutti questi progetti. Insomma, in realtà non faceva che pensare a Madalona, la bella maga che gli aveva preso il cuore. La chiromante gli aveva predetto successo sia nel lavoro che in amore e, se aveva capito chi era l'oggetto del suo amore, be', allora c'erano speranze! Si poteva prendere la predizione per un incoraggiamento.

Tutte queste cose pensava il nostro detective, quando Aureliano Senzaterranéfissadimora entrò nel locale e si diresse al suo tavolo. Ordinò ostriche e champagne, che gli vennero serviti subito.

Poi chiese senza tanti preamboli: «E allora?».

Pippo Merlo si accese una sigaretta con aria annoiata, succhiò un'ostrica, bevve un sorso di champagne e spense la sigaretta appena accesa. Stava prendendo tempo, cosa che innervosì il miliardario. Quindi, a bruciapelo, gli chiese: «Lei sa di avere un nipote o una nipote?».

Ad Aureliano sfuggì di mano un'ostrica, che andò a planare nella scollatura di una signora seduta al tavolo di fronte. La cosa fu piuttosto imbarazzante, anche perché la signora era la contessa Turindi Cantù che lui conosceva come persona tremendamente snob e severa.

Dopo molte scuse, l'intervento del maître con uno smacchiatore e l'offerta da parte di Aureliano di una bottiglia di champagne riparatrice, ritornò la calma.

A quel punto, Pippo Merlo si prese la soddisfazione

di fare ad Aureliano la stessa domanda sbrigativa che gli era stata rivolta poco prima: «E allora?».

Le parti si erano invertite, si capiva che adesso era Pippo Merlo a condurre il gioco e a fare le domande, e che Aureliano non aveva molta voglia di rispondere.

«No, non lo sapevo!» disse infine, seccamente. «Lei sta cercando di dirmi che mia figlia ha messo al mondo un figlio di quel disgraziato squattrinato tiratore di coltelli?»

Pippo Merlo avrebbe voluto stupire il suo ricco cliente svelandogli che ora lo squattrinato tiratore di coltelli era diventato più ricco di lui. Chissà che faccia avrebbe fatto, sapendo che Jack Settedita era diventato niente di meno che Jim Enon! Ma per ora l'investigatore non aveva intenzione di farglielo sapere. Si capiva che non nutriva più troppa simpatia per il suo cliente, che non si fidava di lui e che non lo riteneva sincero.

«Suo nipote adesso dovrebbe avere circa dodici anni» disse Pippo Merlo, senza scomporsi.

«Come l'ha saputo?» chiese Aureliano.

«Sono un detective, no?» rispose Pippo Merlo che, in quei giorni, era riuscito a mettere insieme un bel po' d'interessanti informazioni. Poi lo incalzò: «Perché non mi ha detto che sua madre, Carmen Calzino, è morta da poco?» e mentre Aureliano sbiancava in viso, aggiunse: «Approfitto anzi per farle le mie più sentite condoglianze!».

Il tono del detective era di leggero scherno e Aureliano non lo ringraziò. Sembrava essersi dimenticato delle amate ostriche e tossicchiò imbarazzato prima di rispondere: «Non mi pareva affatto rilevante per le sue indagini. La morte di mia madre nulla c'entra con la ricerca di mia figlia. Se non forse perché, come le dicevo, con l'età si cambia e ci s'intenerisce. Probabilmente, il dolore per la perdita di mia madre ha influito sul desiderio di rappacificarmi con mia figlia. Capisce?».

«Anche troppo bene!» disse Pippo Merlo, che continuava ad alternare ostriche, champagne e sigarette accese e spente. A lui l'appetito non era affatto passato. «Non c'è dubbio che la morte di Carmen Calzino abbia dato una bella spinta ai suoi... sentimenti?!» Quest'ultima parola la disse, dopo una lunga pausa, in tono ironico e interrogativo.

Aureliano Senzaterranéfissadimora si agitò sulla sedia, aprì bocca e subito la richiuse mentre il cameriere portava in tavola un profumato risotto di mare.

Il cameriere restò un attimo perplesso per le ostriche non terminate e si affrettò a chiedere, preoccupato e solerte: «C'è qualcosa che non va? Eppure le assicuro, sono freschissime!».

«Infatti!» confermò Pippo Merlo. «Perfette, non si preoccupi! È solo che il signore stasera non ha molto appetito».

Aureliano inghiottì amaro e fece soltanto un cenno di conferma con la testa. Poi, quando il cameriere si fu allontanato, sibilò: «Lei mi deve delle spiegazioni!».

«No, è lei che le deve a me!» rispose duro il detective. «Carmen Calzino, sua madre, era l'unica proprietaria di tutte le fabbriche siderurgiche di cui lei è, ed è sempre stato, soltanto il direttore. Ma nulla, né le ville, né le fabbriche, né gli yacht, sono intestati a lei. E neanche sono diventati di sua proprietà alla morte di sua madre, non è vero?»

Aureliano Senzaterranéfissadimora, che non aveva quasi toccato neppure il risotto ai frutti di mare, disse con freddezza: «Visto che sa tutto, continui pure il suo racconto».

E Pippo Merlo continuò: «Immagino che sia rimasto piuttosto male quando il notaio le ha detto che, secondo le disposizioni di sua madre, il testamento poteva essere aperto e letto solo in presenza di sua figlia Ester, che lei avrebbe dovuto perdonare e accogliere insieme al figlio che ha messo al mondo dodici anni fa».

Queste erano tutte le informazioni che Pippo Merlo era riuscito a mettere insieme. La trance di Madalona si era rivelata preziosa e veritiera: Carmen Calzino era esistita davvero, era stata la nonna di Ester e aveva lasciato delle precise disposizioni che voleva venissero rispettate.

Tutto questo cambiava molto la posizione di Aureliano Senzaterranéfissadimora che aveva un interesse ben preciso nel voler ritrovare Ester, un interesse non propriamente affettivo.

Infatti Aureliano lo ammise ma poi, sgarbatamente, concluse: «Lei comunque deve solo ritrovare mia figlia. Il perché io la voglia ritrovare sono fatti miei! Mi scusi, ma non la capisco. A lei, tutto questo cosa cambia?».

«Cambia il mio onorario!» rispose Pippo Merlo, e si sentì orgoglioso di come aveva condotto la serata e quella conversazione, orgoglioso del suo comportamento da detective duro e sagace, come quelli dei film e dei romanzi gialli che tanto amava.

Si sentì così orgoglioso che l'emozione lo sopraffece e rovinò un po' l'effetto finale perché, dopo quell'ultima battuta fulminante, finì con la faccia nel piatto. Si tagliuzzò anche una guancia con i gusci di cozze e vongole, gli unici resti del suo risotto ai frutti di mare.

Il detective era profondamente addormentato.

Cap. 15

CHI DORME NON PIGLIA PESCI

Quello che accadde mentre dormiva, Pippo Merlo lo apprese il giorno dopo dai giornali.

Ad un tratto entrarono, uno dopo l'altro, dalla porta girevole di cristallo che immetteva nel lussuoso locale, cinque ragazzini. Portavano occhiali scuri, berretti sproporzionati con visiera e sciarpe che nascondevano il volto. Per un ristorante dove non si poteva entrare se non in giacca e cravatta, o meglio ancora in smoking, l'abbigliamento e l'età dei cinque erano strani e inopportuni.

Un maître si diresse rapido verso di loro, deciso a chiedere spiegazioni, e comunque a scortarli fuori, quando nell'aria si diffuse un'ipnotica musica pop.

Il maître si ritrovò a incrociare nella sala qualche passo di danza e a perdersi negli occhi verdi di una ragazzina che gli ballava davanti. Mille ricordi di gioventù gli vennero alla mente, specialmente quel corso di rock acrobatico dove aveva conosciuto la sua futura moglie. La moglie ora se n'era andata da un pezzo, lui non ballava da anni e neppure ricordava di saperlo fare. Serviva, gentilissimo, serio e compassato, un sacco di arroganti ricconi e da anni era triste, molto triste. Di tutto questo si rese conto mentre la musica s'impossessava dei suoi piedi e una nuova e selvaggia gioia s'impossessava del suo cuore.

Aureliano Senzaterranéfissadimora, dimenticata la rabbia e l'umiliazione della serata, e fischiettando lo stesso motivo pop che stava ascoltando, pensò di raddoppiare lo stipendio a quel detective che in fondo si era dimostrato più abile di quanto non credesse. Anche se per ora era stato abile a suo danno, poi lo sarebbe stato a suo vantaggio. Così pensando, si sbafò in quattro e quattr'otto il risotto e gli parve ottimo, anche se ormai era freddo e rappreso.

La contessa Turindi Cantù, solitamente altera, dritta e rigida come un palo della luce, si sfilò le scarpe strette con tacco acrobatico dove aveva costretto i suoi piedi di almeno due misure più grandi. Poi le calciò sotto il tavolo, si slacciò la cintura di pitone che le strangolava la vita e, con un sospiro soddisfatto, si lasciò andare sulla seggiola in una posizione rilassata, a gambe larghe, per nulla elegante. Appoggiò anche la testa all'alto schienale e, mentre si rivedeva bambina che correva in un parco, tentando di sfuggire a una terribile governante, non si accorse affatto che due mani le sfilavano dal collo la meravigliosa collana che sfoggiava quella sera. Era una collana di smeraldi, grandi come uova, che suo marito aveva acquistato due giorni prima alla gioielleria *Luxor.* Un regalo per il suo compleanno.

Anche il conte Turindi Cantù, che le sedeva di fronte, venne alleggerito di parecchi milioni. Sfortunatamente per lui, il conte aveva la rischiosa abitudine di girare con in tasca cifre impressionanti in contanti. Diceva che la cosa gli dava sicurezza, senza si sentiva come un bambino piccolo, nudo e abbandonato.

Ed è così che si sentì quella sera, quando le ultime note della musica pop si spensero. Nella sala ora vuota – i cinque ragazzini erano infatti scomparsi – il conte fu il primo ad accorgersi di essere stato derubato, mentre il maître, benché non ci fosse più alcuna musica, continuava a piroettare felice.

Quella sera stessa, più tardi, il maître fu licenziato dal proprietario del ristorante. Uscì dal locale a testa alta, fischiettando e danzando con un'alzata di spalle. Se il grande capo non l'avesse licenziato, ci avrebbe pensato lui stesso ad andarsene.

In quanto a Pippo Merlo, nemmeno la polizia, giunta sul posto per interrogare i presenti, riuscì a svegliarlo.

Il commissario Sventola in persona, che conosceva bene il detective, ci provò. Lo scosse con forza, ma non ottenne altro che di sentirlo piagnucolare nel sonno, con voce da bambina: «Voglio un lecca-lecca alla fragola!».

Il sonno di Pippo Merlo, che non aveva potuto sentire la musica della Banda Musicale, doveva esserne stato comunque influenzato. Il detective, infatti, aveva fatto un sogno bellissimo dove il suo amore per Madalona veniva ricambiato e lui sposava la bella maga. Poi mettevano al mondo due gemelle, stranamente del tutto identiche a Ester bambina: bionde, con gli occhi chiari.

Anche nel sogno Pippo Merlo se ne stupiva, poiché lui e Madalona erano entrambi scuri di occhi e di capelli. Alla fine del sogno però le due gemelle frignavano e chiedevano in coro un lecca-lecca alla fragola, proprio mentre il commissario lo stava scuotendo.

«Lasciatelo in pace, tanto non avrebbe niente da dirvi. Ha sempre dormito!» consigliò ai poliziotti Aureliano Senzaterranéfissadimora, che intanto aveva ordinato un piatto di ostriche, deciso questa volta a godersele. Certamente non avrebbe potuto pagarle. Le sue tasche, come quelle di tutti e come la cassa del ristorante, erano vuote. Vuote come i gusci delle ostriche nel suo piatto. Ma era un cliente abituale e fidato, nessuno aveva problemi a fargli credito. "Per ora, almeno!" pensò, con una nuova fitta allo stomaco, ricordandosi all'improvviso del testamento di sua madre. Per un attimo rimpianse quella strana musica che prima, come un balsamo, gli aveva tolto ogni preoccupazione.

La contessa Turindi Cantù intanto, di nuovo altera e impettita, strillava più di ogni altro, pretendendo l'attenzione di tutta la polizia per quella collana che le era stata rubata.

Non aveva tutti i torti, pensò il commissario Sventola, incaricato del caso, quando seppe il valore dell'oggetto. Quella collana da sola valeva quasi come il tesoro della corona della regina d'Inghilterra. No, la contessa non aveva tutti i torti... ma perché era senza scarpe? "Le avevano forse rubato anche quelle?" si chiese il solerte commissario.

Le scarpe vennero ritrovate sotto il tavolo e nessuno riusciva a spiegarsene il motivo, meno di tutti l'imbarazzata contessa.

Le notizie sul clamoroso furto, Pippo Merlo le lesse sul giornale il giorno dopo. Era veramente seccato e scontento di sé. Il destino gli aveva portato sotto il naso quella Banda Musicale che tanto lo incuriosiva, e lui cos'aveva fatto? Non se n'era neppure reso conto: aveva dormito!

"Chi dorme non piglia pesci!" pensò sconsolato.

Anche lui, tra l'altro, aveva subito le sue perdite, irrilevanti dal punto di vista economico poiché, al momento del furto, Aureliano Senzaterranéfissadimora non gli aveva ancora scucito nessun assegno. Ma nella cartella di pelle con incise le sue iniziali, che la Banda Musicale gli aveva sottratto, c'era il taccuino intitolato *Il caso della figlia scomparsa* con tutti gli appunti sul caso in questione.

Ah, tra le altre cose, in quella cartella c'era anche la famosa fotografia di Ester bambina, con treccine bionde e lecca-lecca.

Cap. 16

UN DETECTIVE INNAMORATO

Nei giorni seguenti, Pippo Merlo cercò di rintracciare, nelle varie compagnie circensi, il pagliaccio Bobby Bloom, il trapezista Vasilij, e il domatore Mister Mac, ma nessuno ne sapeva niente.

Quando riferì a Sam Martini che stava cercando delle persone sulla base di indicazioni ottenute durante la trance di una maga, l'amico esplose: «Tu sei completamente pazzo! Ti sembra un metodo logico di procedere nelle indagini? Ti sembra un metodo scientifico?».

«Intuitivo e irrazionale, ma è il mio metodo e ha sempre funzionato!» protestò offeso Pippo Merlo.

«Come no! Sei il detective più famoso della città!» fece Sam Martini sarcastico, ma subito se ne pentì. Questa volta aveva davvero ferito l'amico e non era nelle sue intenzioni.

Pippo, molto sostenuto, gli chiese: «Be', e sulla questione di Carmen Calzino che cosa mi dici? La vecchia esisteva davvero, era la nonna di Ester, e tutto questo l'ho scoperto grazie a una trance di Madalona!».

«Già, questo per ora non me lo spiego» borbottò Sam che era rimasto sconcertato dall'episodio. «Ma sono sicuro che anche dietro questo fatto c'è una spiegazione logica. Deve esserci, tutto sta a cercarla! Se fossi in te, farei qualche indagine su questa presunta maga. Forse sa molte più cose di quel che tu pensi sulla faccenda di Ester e finge di andare in trance per fartele sapere».

«E perché dovrebbe farlo?» chiese l'investigatore, turbato da questa ipotesi.

«Non lo so, sei tu il detective! Cosa sai di lei?»

«Che la amo!» rispose Pippo trasognato.

«Andiamo bene!» sospirò Sam Martini, rendendosi conto che non era più il caso di parlare di logica e razionalità.

Erano, come al solito, alla trattoria *L'ochetta bianca*, dove Pippo Merlo aveva raccontato all'amico tutti gli ultimi sviluppi della sua indagine e il furto della Banda Musicale di cui avrebbe potuto essere testimone, ahimè, se non si fosse addormentato.

Era giovedì sera e il brasato era squisito, come al solito, ma Pippo Merlo non aveva affatto appetito. Spiluccava, rimaneva con il boccone a mezz'aria, sbriciolava nervosamente il pane e ne faceva delle pallottoline impastandole con le dita.

Adesso Sam Martini ne capiva il motivo: il suo amico era innamorato.

«Ne vuoi parlare?» gli chiese dolcemente.

Pippo Merlo sospirò e disse soltanto: «Ha degli impossibili occhi viola. Ti rendi conto? Viola! Occhi così non ne possono esistere altri al mondo!».

Sam Martini non disse niente, scosse la testa e aspettò che l'amico continuasse.

«Ha dei capelli corvini, folti e lunghi, che sanno d'incenso e mirra!»

Sam Martini alzò gli occhi al cielo. «Andiamo bene, ti sei innamorato di uno dei Re Magi! Ma tu hai mai annusato l'incenso e la mirra?»

«L'incenso sì, la mirra no!» sospirò Pippo Merlo, completamente perso nella sua visione.

«Toh, bevi della birra che è meglio della mirra!» commentò Sam, versandogli della birra fresca e bionda nel bicchiere. Gli sembrava che non ci fosse molto altro da fare e poco da dire. Raramente aveva visto Pippo in quello stato: l'amore l'aveva completamente rincretinito.

Ma era amore ricambiato? Non ebbe tempo di chiederlo. Pensò di aver trovato la risposta nelle parole di Pippo che intanto continuava a delirare estasiato: «Il suo abbraccio è morbido e caldo, le sue braccia sono come un porto e una culla!».

«Santo cielo,» si stupì Sam Martini «non ti sapevo così poeta! Comunque, da quel che posso capire, state insieme e anche lei ti ama. Congratulazioni! A quando i confetti?»

Pippo Merlo scosse la testa, sbadigliò e fece appena in tempo a dire: «No, mi sostiene solo tra le sue braccia quando crollo addormentato!».

Questa volta, quando si risvegliò, era tra le braccia pelose e sudate di Sam Martini.

«Per fortuna sei riuscito a dirmelo!» rise Sam cullandolo. «Ho fatto appena in tempo a prenderti tra le braccia prima che crollassi con la faccia nel brasato. Ma forse dovevo lasciartici cadere dentro, almeno ne avresti assaggiato un po'!»

Cap. 17

UNA COLLANA PREZIOSA E UNA CARTELLA VUOTA

Lasciamo i due amici a *L'ochetta bianca*, a terminare la loro cena con la solita porzione di zuppa inglese, e seguiamo invece due ragazzini identici che stanno suonando il campanello di una porta al 22° piano di un grattacielo, a quattro isolati dalla trattoria. I due ragazzini sono i gemelli Suvlaki e questa sera tocca a loro la consegna della merce rubata.

Buonanotte Betty, non appena aprì la porta, anziché salutarli e poi accompagnarli nel solito salone, chiese subito tutta agitata: «Allora, l'avete? Di' un po', ce l'avete?».

«Missione compiuta. Sì, ce l'abbiamo!» rispose Dimitris.

«Sì, ce l'abbiamo. Missione compiuta!» rispose Manolis.

Era sempre così. Quando non parlavano addirittura in coro, ognuno ripeteva le stesse cose che aveva detto l'altro, ma invertendo l'ordine delle parole.

Per Buonanotte Betty sentirsi ripetere per due volte la stessa meravigliosa notizia era quel che ci voleva. Anche dieci, cento volte avrebbe voluto sentirsela ripetere!

«Dunque avete la collana, quella di smeraldi, vero?»

«Boh, è verde! E ce l'aveva al collo la tipa a cui ci avete ordinato di rubarla» rispose Manolis.

E Dimitris, subito dopo: «Ce l'aveva al collo la tipa a cui ci avete ordinato di rubarla. Boh, è verde!».

«Micione, micione, voglio vederla subito!» strillò Buonanotte Betty eccitatissima.

Pochi giorni prima, passando davanti alla gioielleria *Luxor*, per ammirare il suo ambito tesoro, Buonanotte Betty era stata colta da una crisi isterica scoprendo che la collana di smeraldi non solo non era in vetrina, ma era anche stata venduta.

Buonanotte Betty, quando diventava così isterica, graffiava come un gatto (e aveva unghie lunghe, laccate e affilatissime), aveva crisi di singhiozzo convulso, bruciava le uova al bacon (l'unico piatto che sapesse cucinare) e sputava in faccia a chi tentava di calmarla.

Jo Pantegana, che non poteva sopportare di averla per casa in quello stato, aveva usato i suoi rapidi ed efficaci sistemi per farsi dire dal gioielliere a chi fosse stata venduta la collana. Aveva poi fatto pedinare la contessa Turindi Cantù e il resto era stato facile: ci aveva pensato la Banda Musicale. Luna era anche stata ben felice di schivare così il pericoloso furto alla gioielleria *Luxor* che, se lo sentiva, li avrebbe portati tutti dietro le sbarre.

Adesso Buonanotte Betty batteva le mani felice, cinguettando come un cardellino.

«Almeno di' grazie, Betty!» le suggerì Jo Pantegana.

«Grazie, Betty!» gorgheggiò la ragazza.

«Capo, è come voler cavare salsa da un rapanello!» commentò 'O Scarrafone.

«Sangue da una rapa!» dissero in coro i gemelli Suvlaki.

«Taci tu, testa di rapa!» si arrabbiò Jo Pantegana perché, anche se ben conosceva la stupidità della sua donna, non voleva che fossero altri a fargliela notare.

«Credevo si dicesse testa di sedano... mah!» borbottò 'O Scarrafone, mentre Buonanotte Betty cercava di allacciarsi il fermaglio della collana dietro al collo. Non fu in grado di farlo, le mani le tremavano troppo per l'emozione.

«Faccio io, stellina!» si offrì Jo Pantegana, ma neanche lui, che aveva dita corte e tozze come salsicciotti, ci riuscì.

«Se permette, come l'ho sfilata dal collo della contessa Turindi Cantù, così posso allacciarla al collo della signorina» si offrì Dimitris.

«Posso allacciarla al collo della signorina, così come l'ho sfilata dal collo della contessa Turindi Cantù» si offrì anche Manolis.

«Chi la sfilò?» chiese Jo Pantegana confuso.

«Entrambi, una mano per uno» risposero insieme i gemelli Suvlaki.

«Ragazzi, ricordatevi che a volte chi fa il purè fa da re!» intervenne 'O Scarrafone che aveva sempre preferito agire da solo e che voleva elargire un po' della sua saggezza proverbiale.

«Chi fa da sé fa per tre, testa di rapa!» sbuffò Jo Pantegana.

«Ma noi siamo in due» commentò Dimitris.

«In due siamo» confermò anche Manolis. Poi, usando una mano ciascuno, allacciarono dietro al collo di Buonanotte Betty la famosa collana, in perfetta sincronia, come se le mani fossero state della stessa persona.

«Bello!» disse Jo Pantegana, che aveva un certo senso estetico, osservando i due gemelli in azione sincrona.

«Bella!» fece Buonanotte Betty, accarezzando la collana e rimirandosi allo specchio. Anche lei, a suo modo, aveva un certo senso estetico.

«Ti dona molto, micina. Lo smeraldo è fatto per le bionde!» approvò Jo Pantegana. «Controlla il resto della refurtiva, tu!» ordinò poi alla sua guardia del corpo.

«E noi vogliamo controllare che il fratellino di Ciambella stia bene!» approfittarono per dire, in coro, i gemelli Suvlaki.

Buonanotte Betty li accompagnò a vedere Richi che a quell'ora, come al solito, dormiva.

Intanto Jo Pantegana e 'O Scarrafone restavano piacevolmente stupiti dalla quantità di denaro, frutto della rapina. Non si aspettavano una cifra così, ottenuta grazie al paranoico bisogno di sicurezza del conte Turindi Cantù.

Non rimasero quindi troppo delusi quando, aprendo una cartella di pelle, su cui erano incise le iniziali FM, la trovarono completamente vuota.

«Chi è quel cretino che va in giro con una cartella vuota?» si chiese Jo Pantegana.

«Pazienza, non tutte le bistecche c'hanno l'osso buco» disse 'O Scarrafone.

«Non tutte le ciambelle vengono col buco... e non tutte le cartelle sono piene, testa di rapa!»

Questa volta Jo Pantegana lo disse ridendo di gusto perché tutti quei milioni l'avevano messo di buon umore e anche di buon appetito.

«Sai che mi hai fatto venire una gran voglia d'ossobuco e di ciambelle?!» fece con l'acquolina in bocca.

«Va' in cucina a prepararmeli e fammeli portare in tavola da Betty. Ah, guarda che quella cretina non mi porti solo i buchi!» e Jo Pantegana rise ancora, di ottimo umore. La sua risata sembrava un gargarismo.

'O Scarrafone, abile di pistola e di coltello, era molto abile anche in cucina. A servizio di Jo Pantegana alternava le due attività: guardia del corpo e cuoco.

Pochi minuti dopo l'avreste visto piangere come un vitello, ma lui sicuramente avrebbe detto "come un tacchino". Comunque non lasciatevi ingannare. Non era commozione, o segno di un qualsivoglia sentimento. Era solo l'effetto della cipolla che stava affettando con rapidissimi colpi di coltello, in quantità abbondante, per dar gusto agli ossibuchi acquistati alla macelleria *T'amo pio bove,* da lui considerata la migliore della città e la più conveniente: mentre si faceva la spesa si poteva piazzare la merce rubata!

Cap. 18

UNA SORPRESA PER LUNA

«È pazzesco, non ci posso credere, è pazzesco!» non faceva che ripetere Luna, col viso illuminato da un sorriso che gli altri non ricordavano di aver visto spesso.

«Ma è un "pazzesco" bello, mi par di capire» fece Chiodo, affascinato da quel sorriso.

«Bello, sì, bello!» rispose Luna trasognata, tenendo le mani appoggiate su un taccuino, come se si fosse trattato di uno scrigno pieno di tesori. Si trattava del quaderno che aveva trovato dentro una cartella di pelle, con incise le iniziali FM.

La cartella faceva parte del bottino dell'ultimo furto e Luna aveva spedito i gemelli Suvlaki a consegnare la refurtiva, trattenendo per sé quel quaderno. Dopo aver dato una scorsa al contenuto di quelle pagine, infatti, aveva cacciato un piccolo grido di sorpresa e aveva detto: «Questo lo tengo io!».

Ciambella aveva cercato di protestare: «Non voglio

che mio fratello corra dei rischi per colpa di uno stupido quaderno!».

«Non è uno stupido quaderno» aveva detto Luna stringendosi al petto il misterioso taccuino.

«Peggio, allora!» aveva insistito Ciambella. «Se è un quaderno importante, Jo Pantegana ce la farà pagare ancora di più, quando scoprirà che non glielo abbiamo consegnato. Dammelo subito, che lo rimetto nella cartella!» e Ciambella aveva tentato di strapparglielo, rossa di rabbia e di preoccupazione.

Ma Luna era più che decisa a tenerselo.

«Smettila, non ti devi preoccupare! Per Jo Pantegana questo è un insignificante taccuino di nessun valore. Per me invece è di vitale importanza. Non succederà niente, te l'assicuro. Cosa vuoi che gliene importi di un semplice quaderno, con tutti quei milioni e la collana di smeraldi!»

Ciambella non aveva più insistito. Non per niente Luna aveva la stoffa del capo, quando decideva qualcosa non la si poteva contraddire, né farle cambiare idea.

Solo Chiodo aveva osato chiedere: «E tu cosa te ne fai, invece? Cosa c'è scritto di così vitale?».

«Ve lo dico dopo, quando tornano i gemelli Suvlaki. Adesso mi lasciate leggere in pace?»

Poi Luna si era immersa nella lettura di quel quaderno, come se si fosse trattato del più appassionante dei romanzi, continuando a sorridere e a ripetere: «È pazzesco, non ci posso credere! È pazzesco!».

Adesso però i gemelli Suvlaki erano tornati e tutti erano ansiosi di sapere cosa c'era di così pazzesco dentro quel taccuino.

«Hai intenzione di farci stare sulle spine ancora per molto?» chiese Chiodo, ironico.

«E allora, Luna?» incalzò Dimitris.

«Luna, e allora?» incalzò Manolis.

Ciambella non disse niente, era ancora imbronciata: non aveva perdonato a Luna il suo colpo di testa e pensava al fratellino che Jo Pantegana teneva in ostaggio.

Luna si decise infine a parlare: «Ho scoperto chi è mia madre!».

Fu come se nella baracca fosse scoppiata una bomba, l'effetto fu sconvolgente. Gli altri balzarono in piedi urlando tutti insieme. Anche Ciambella non poté fare a meno di cacciare un grido e di abbracciare stretta Luna.

Ciambella sapeva che lei e Richi non avrebbero mai potuto ritrovare una madre, perché erano orfani, fuggiti da un orfanotrofio che era peggio di un carcere. Luna e la banda erano l'unica specie di famiglia che avessero mai conosciuto.

Anche gli altri non avevano storie molto diverse o migliori e tutti avevano come casa quella baracca e come unica famiglia la banda dei Popluna che purtroppo, da quando Richi era stato rapito, era diventata la famigerata Banda Musicale, costretta a rubare agli ordini di Jo Pantegana.

Solo Luna aveva il desiderio e la speranza di ritrovare una madre. Da quando era venuta via dal circo, quello era stato l'unico scopo della sua vita. La storia di Luna la sapevano tutti.

Luna era nata in un circo, figlia di un tiratore di coltelli che l'aveva abbandonata, lasciando sua madre, prima ancora che nascesse. La madre era una bellissima ragazza di cui tutti quelli che lavoravano nel circo conoscevano soltanto il nome, Ester, e nient'altro. Era la partner di Jack Settedita nel numero dei coltelli e la sua aiutante nei giochi di prestigio. Quando Jack Settedita se n'era andato, quelli del circo avevano avuto pietà di Ester e l'avevano tenuta con loro, anche se non sapeva e non poteva far molto, dato che stava per mettere al mondo un figlio. Poi era nata lei, Luna, e sua madre l'aveva così amata e coccolata che nessuno più l'aveva chiamata Ester, ma tutti, al *Circo Babum*, la chiamavano solo *The mother Luna.*

Questo glielo aveva raccontato Bobby Bloom, il pagliaccio, un inglese che aveva dato per primo quel soprannome a Ester e che aveva fatto ridere Luna, quand'era piccola, con le sue smorfie, le sue capriole e il suo naso rosso.

Bobby Bloom non era stato il solo ad adorare Luna. La bambina era diventata la mascotte di tutti quelli del circo. Vasilij, il trapezista, se la faceva piroettare sulle spalle. Mister Mac, il domatore di leoni, la lasciava giocare con gli alamari d'oro della sua giacca e con la frusta di cui normalmente era geloso.

Se qualcuno era triste, diceva: «Balla, Luna, balla!» e ritornava subito felice, perché la bambina aveva quel dono da quando era nata.

Insomma, fino ai quattro anni, la sua infanzia nel circo doveva essere stata piacevolissima, anche se Luna di quel periodo, com'è logico, ricordava ben poco. Poi sua madre era scomparsa in un modo davvero strano.

Una sera Ester, che spesso si sentiva un peso inutile per il circo, si era offerta di sostituire la donna cannone, che era malata, nel suo numero pirotecnico.

«Tua madre era troppo leggera!» diceva Bobby Bloom, al quale, ogni volta che ricordava quell'episodio e ne parlava con Luna, gli occhi diventavano più rossi del naso. «È stato uno sbaglio spararla al posto della donna cannone. È volata via, su, su, nel cielo, sempre più su e nessuno l'ha vista più!»

Poiché non era mai stato ritrovato il suo corpo, Luna non aveva mai pensato che fosse morta e per anni aveva sperato che Ester tornasse a cercarla. Ma gli anni erano passati senza che questo accadesse. Così, a dieci anni, quando il circo si era sciolto perché gli affari andavano piuttosto male, Luna se n'era andata da sola alla ricerca di quella madre di cui conosceva solo il nome, Ester, e lo strano destino che un giorno l'aveva sparata in cielo.

Non le era mai venuto in mente di cercare quel padre che non l'aveva mai voluta, ma ritrovare sua madre era diventato il pensiero fisso di Luna. Era decisa a girare tutto il mondo, se fosse stato necessario, pur di riuscirci.

Si era sempre arrangiata, grazie a quel dono strano che aveva nei piedi, finché non era caduta nelle grinfie di Jo Pantegana, che aveva visto in lei e nel suo potere un'occasione incredibile per arricchirsi in modo illecito.

Questa era la storia di Luna, e i suoi amici la conoscevano bene. Adesso, lì nella baracca, pendevano tutti dalle sue labbra.

«Dunque, chi è tua madre?» chiese Chiodo.

Luna arrossì ed esitò un po' prima di dire a quei ragazzi, che non possedevano nulla, un nome e un cognome che volevano dire estrema ricchezza. Quasi

2

se ne vergognava, ma poi buttò fuori tutto d'un fiato: «Mia madre è Ester Senzaterranéfissadimora, figlia di Aureliano Senzaterranéfissadimora, il magnate del nichel!».

«Del nichel, del piombo, del ferro, dell'acciaio. Fabbriche siderurgiche, insomma!» esclamò Chiodo, emettendo un lungo fischio d'incredulità e ammirazione.

«Sei mi... mi... miliardaria!» balbettò Ciambella.

I gemelli Suvlaki, a bocca aperta, scuotevano solo la testa, in sincrono, esterrefatti.

Cap. 19

INDIZI E ORECCHIE CHE PRUDONO

Pippo Merlo non sapeva come procedere. Era innamorato e questo gli toglieva lucidità, doveva ammetterlo. Le sue ricerche su Ester e sui componenti del *Circo Babum* non facevano grandi progressi.

Si sentiva deluso e nervoso. Non faceva che accendere e spegnere sigarette e qualche volta, troppo soprappensiero, le aspirava anche per un attimo e poi si sentiva male.

Anche con Madalona non c'erano sviluppi: le stelle avevano sconsigliato alla chiromante non solo di uscire a cena con i clienti, ma anche di avere clienti per almeno una settimana. Così Pippo Merlo non poteva né vederla né consultarla.

Che avesse ragione Sam Martini? Madalona gli nascondeva qualcosa? Il suo comportamento era strano, ma il detective non aveva voglia di pensarci. E neppure aveva voglia di continuare le ricerche infruttuose di Ester Senzaterranéfissadimora. Così, incerto su come procedere, decise di interromperle per un po' e di occuparsi invece della Banda Musicale. Era tanto che se lo riprometteva, glielo aveva chiesto l'amico Sam e ora, in più, aveva un conto in sospeso con la banda, essendo anche lui tra i rapinati. La cartella di pelle aveva per lui un valore affettivo, perché gliela aveva regalata suo zio, Raimundo Splendor, quando l'aveva assunto a lavorare nella sua agenzia investigativa. Vi aveva anche fatto incidere le iniziali del suo nome e cognome: Filippo Merlo.

Comunque, il caso della Banda Musicale lo incuriosiva. Gli ultimi furti erano stati più importanti, i ragazzini (se ragazzini erano) stavano osando sempre di più. Presto, forse, avrebbero assalito le banche. Sarebbe stato un bel colpo, risolvere il caso prima della polizia. Anche Madalona, colpita dal suo successo, si sarebbe finalmente interessata a lui.

Pippo Merlo decise quindi che poteva investire un po' di tempo e denaro per cercare di saperne di più sulla Banda Musicale, e si recò alla macelleria *T'amo pio bove* per consultare Ugo Trippa, l'informatore.

L'inizio, come al solito, non fu facile.

«Ehi Pippo, qual buon vento?» esordì infatti il macellaio, mentre tagliava ossibuchi con una mannaia da brivido. Ma poi, senza aspettare risposta, dilagò subito, come un fiume in piena, con ondate d'informazioni:

«Hai saputo che Vanda ha avuto tre gemelli? E che la povera vecchia Nina si è rotta una spalla? E per giunta l'ha operata il chirurgo Mangiapane, uno da cui io non mi farei vedere neanche un'unghia incarnita. Dicono che sono un macellaio io, ma aspetta di incontrare Mangiapane! Altro che chirurgo! Chi gliel'ha data a quello la laurea? Vorrei proprio saperlo! Veramente lo so, suo padre che aveva quattrini a palate gliel'ha comprata. Ma ti rendi conto che quattro anni fa a Bob Martini, che tra l'altro è lontano cugino del tuo amico Sam, il professor Mangiapane ha operato la gamba sinistra, mentre lui si era rotto la destra giocando a pallone. Giocava nella squadra degli imbianchini contro la squadra dei muratori. A proposito, io non gioco più nella squadra dei macellai, ho litigato col portiere. Tu anni fa giocavi a pallavolo, se non sbaglio, ma non a calcio. Giochi ancora a pallavolo?».

Felice di poter rispondere a una domanda, e speranzoso di poterne inserire una lui, Pippo Merlo disse: «No, gioco solo a guardia e ladri!».

Questa risposta spiazzò per un attimo Ugo Trippa, che restò con la mannaia insanguinata sospesa a mezz'aria e l'espressione un po' ottusa: sembrava il personaggio di un film dell'orrore. Poi l'occhio porcino gli luccicò, aveva capito e scoppiò in una sonora risata.

«Spiritoso!»

La risata di Ugo Trippa, che somigliava molto a una serie di nitriti e di ragli, era per fortuna non solo originale e sonora, ma anche lunga.

Così, mentre Ugo Trippa rideva, il nostro detective poté dire: «Voglio sapere tutto quello che sai sulla Banda Musicale, e subito. Vado di fretta, vorrei vincere il gioco!».

La risata di Ugo Trippa si spense di colpo, a metà di un nitrito, e l'informatore, di solito molto rosso in faccia di natura, si fece improvvisamente pallido.

«È una faccenda di cui non so nulla!» disse troppo in fretta, e cominciò a macinare carne, tutto concentrato, senza aprire più bocca.

Il comportamento era strano, la bugia evidente, e mentre il tritacarne faceva un baccano terribile, Pippo Merlo urlò, per sovrastarne il rumore: «Ti pagherò benissimo l'informazione».

Forse non aveva senso quello che stava facendo, lui doveva cercare Ester Senzaterranéfissadimora. Perché perdeva tempo e soldi per un caso che quasi non lo riguardava? Perché Pippo Merlo era un detective fatto così, seguiva più l'istinto, i suoi sogni e le irragionevoli indicazioni delle stelle che non un preciso metodo razionale e scientifico. In quel momento poi gli prudeva terribilmente il lobo dell'orecchio sinistro. Questo, da sempre, era un segno che gli indicava: «Sei sulla pista giusta, devi continuare!».

Pippo Merlo si abbandonò all'istinto che lo spingeva a saperne di più sulla Banda Musicale e aggiunse: «Ho anche pensato che, tutto sommato, se hai ancora quel servizio da tè, potrei comprarlo».

Ugo Trippa spense il tritacarne.

«È pericoloso assai!» sussurrò il macellaio, guardandosi intorno come se anche i muri potessero avere orecchie e recuperando di colpo, chissà perché, l'accento siciliano che rivelava le sue origini da parte di nonno materno. «La mia testa ha tanticchia più valore di un servizio da tè!»

«Adesso esageri! Stai facendo del teatro per alzare i prezzi, ti conosco, sai! Non mi dirai che un gruppo di giovanissimi ladruncoli è così pericoloso!»

«E abbassa la voce!» si arrabbiò il macellaio che poi andò a chiudere porte e finestre con aria preoccupata. Era ancora pallido, forse non era tutta scena.

«Chi tira il carro? I buoi. Chi fa muovere l'automobile? Il motore. Chi tira i fili delle marionette? Il puparo...» cominciò a biascicare, come in una litania.

«Chi c'è davanti o dietro la Banda Musicale?» chiese allora Pippo Merlo che aveva capito dove voleva arrivare.

«Non te lo dico neanche se mi compri l'intero magazzino!» rispose Ugo Trippa, facendo un gesto in direzione del retrobottega dove, in un grande stanzone, teneva tutta la sua merce di ricettatore.

«Allora dammi solo un indizio, te lo pagherò come un'informazione completa. Fammi trovare la marionetta, scoprirò da solo chi muove i fili» disse Pippo Merlo deciso.

Prima Ugo Trippa chiese e ottenne un prezzo esagerato per accontentarlo, poi borbottò a denti stretti: «Al porto. Sai la baracca che era il vecchio deposito delle scatolette di tonno della *Sapore di mare*?».

Pippo Merlo fece un cenno d'assenso. Aveva capito dov'era il posto.

«Quando vedi uscire di lì, la sera, una ragazzina o un ragazzino, seguili se credi. Ma non muovere un dito, finché non hai capito bene com'è tutta la faccenda. Potresti causare un grande male, e chi sembra colpevole non ha colpa».

«E tu sembri un antico oracolo, più che un macellaio!» commentò Pippo Merlo divertito.

«Non scherzare! Qui non è il caso!» L'informatore invece era serio come Pippo non l'aveva mai visto. Poi cacciò delle imprecazioni irripetibili: si era tagliato un dito affettando del carpaccio.

Ugo Trippa era un abilissimo macellaio, raramente si feriva.

«Ben mi sta!» si disse. «Quando non bisogna parlare, non bisogna parlare! Maledetta la mia linguaccia!»

Si capiva che era pentito e preoccupato di aver venduto quell'informazione. A Pippo Merlo prudeva intanto il lobo dell'orecchio destro, chiaro segno di situazione pericolosa.

Tutti e due gli uomini, adesso silenziosi, pensavano al guaio nel quale si stavano cacciando.

Poi Ugo Trippa, dopo essersi fasciato il dito ferito, sospirò: «Vado a prenderti il servizio da tè Ming».

«Ma io non bevo tè...» protestò debolmente il detective.

«Per me puoi anche berci dentro champagne o acqua di fogna. Non me ne importa niente, quel che hai promesso mantieni!»

E Ugo Trippa gli fece pagare quel servizio da tè come se fosse stato d'oro zecchino.

Cap. 20

FM CHI È?

Intanto, anche nella baracca sul porto si facevano piani d'azione e si seguivano indizi. In quel taccuino c'era scritto tutto: Aureliano Senzaterranéfissadimora cercava sua figlia, scomparsa tredici anni prima con un tiratore di coltelli, Jack Settedita.

Quante Ester potevano esserci, compagne di un tiratore di coltelli e che avevano avuto una figlia da lui, dopo neanche un anno? Ester Senzaterranéfissadimora era, senza ombra di dubbio, quella madre che Luna stava cercando: *The mother Luna.*

E anche un certo FM la stava cercando, per incarico di Aureliano Senzaterranéfissadimora. Chi era FM? Purtroppo di lui non si riusciva a sapere niente, non c'erano biglietti da visita, carte intestate o altro in quella cartella di cuoio, solo quelle due iniziali. Senz'altro era un poliziotto o un detective privato.

«Proviamo a cercare sull'elenco del telefono tutti i nomi delle agenzie investigative» propose Chiodo.

«Magari troviamo una Fratelli Mammalucchi o qualcosa del genere».

«Buona idea!» concordò Luna, e Chiodo si sentì orgoglioso di quella approvazione come un antico cavaliere lo sarebbe stato nel giorno dell'investitura.

Consultarono l'elenco delle agenzie investigative, ma dopo averle scorse tutte, dall'agenzia investigativa *Abilissimi* fino all'agenzia investigativa *Zeta Segreta*, passando per *Occhio acuto*, *Orecchio Fino*, *Raimundo Splendor* e altri buffi nomi che li fecero ridere, i ragazzi si convinsero che nessuna poteva rimandare a quella sigla, FM.

«Perché non vai dritta filata da tuo nonno? È ricchissimo e dovrà occuparsi di te» insistette Ciambella, che l'aveva già proposto più volte.

«Ma l'hai capito cosa c'è scritto qui dentro?» s'indignò Luna che brandiva il taccuino come un'arma. «Questo vigliacco se n'è infischiato sia di sua figlia che di me. Ci cerca solo perché ne ha bisogno per intascare i soldi di Carmen Calzino, sua madre».

«La tua bisnonna, giusto?» domandò Chiodo, a cui piaceva ragionare sulle parentele perché lui non aveva nessun parente al mondo.

«Sì, l'unica da cui sarei andata, ma è morta purtroppo. Comunque so io cosa farò per scoprire chi è questo FM!»

Così dicendo Luna si alzò di scatto, lasciando cadere il taccuino prezioso che le aveva rivelato tante cose sulla sua famiglia. Ne scivolò fuori una fotografia che prima, chissà come, non aveva visto.

Fu Chiodo a raccoglierla e ad esclamare strabiliato: «Ma sei tu!».

Sulla foto c'era una bambina con treccine bionde e lecca-lecca rosa che noi sappiamo essere Ester bambina. Ma la somiglianza con Luna era sorprendente.

Luna la guardò a lungo, poi la girò. Sul retro, a penna, qualcuno aveva scritto "Ester a 4 anni" e il nome di un parco e di una città.

«È mia madre bambina, ma...» e qui Luna sfilò, da una tasca dei pantaloni di jeans sdrucito che indossava, una foto pressoché identica. Le osservò entrambe. Solo il vestito delle due bambine era diverso: uno rosso e uno giallo. E anche i lecca-lecca: quello rosa era senz'altro di fragola, l'altro, verde, di menta. Ma il colore degli occhi, il viso, le treccine, l'età e persino l'espressione... tutto nelle due bambine era identico. Girò la foto dove sul retro sua madre aveva scritto "Luna a 4 anni", con il nome dello stesso parco e della stessa città.

Forse un giorno, quando il circo era passato da quella città, Ester si era ricordata della sua foto da bambina e aveva voluto farne una identica alla figlia, nello stesso parco. Doveva essere stato poco tempo prima di scomparire, perché quella era proprio la città dove sua madre era volata via, ed era quella stessa città dove adesso lei si trovava e dove era venuta a vivere proprio per iniziare da lì le sue ricerche. Adesso sapeva anche che lì viveva suo nonno e lì doveva aver vissuto sua madre, da quando era nata a quando era fuggita con Jack Settedita.

Quella foto, con la calligrafia di Ester, era l'unica cosa che le era rimasta come ricordo di sua madre. Luna estrasse adagio, dalla stessa tasca, un coltello a serramanico e l'appoggiò sul tavolo. Quello invece era l'unico ricordo che le era rimasto del padre, glielo aveva consegnato Bobby Bloom raccontandole le prodezze che Jack Settedita sapeva fare con quell'aggeggio.

«Puoi farmi le trecce come le portavo in questa foto?» domandò Luna a Ciambella.

Ciambella, senza chiedere spiegazioni, le acconciò in due trecce i lunghi capelli biondi che di solito portava sciolti o raccolti in una coda di cavallo.

«Bene» disse Luna, molto calma. «Adesso cercherò mio padre. Lui sa senz'altro chi è questo FM, perché si sono incontrati».

«Ma... ma... sai anche chi è tuo padre?» chiese Chiodo, sempre più allibito.

«Be', sì...» disse Luna un po' imbarazzata. «A quanto pare, l'ex tiratore di coltelli, Jack Settedita, adesso è il famoso Jim Enon!»

Fu come se nella baracca fosse scoppiata una seconda bomba, più violenta della prima.

Chiodo cacciò un fischio acutissimo: «Il leader dei Ramarri Urlanti, non ci posso credere!».

«Tu sei la figlia del mio idolo!» gridarono, questa volta in coro, i gemelli Suvlaki e poi si misero a cantare *Flamenco sbilenco*, un vecchio successo molto famoso scritto da Jim Enon.

Ciambella esalò solo, con un filo di voce: «Ma è mi... mi... miliardario!».

Luna rise per l'assurdità della situazione.

«Già, sono la povera, poverissima figlia di due miliardari! Così, quando la polizia finirà per beccarmi, di me potranno scrivere: "Figlia di due ricchissimi miliardari ruba nei grandi magazzini e svaligia gioiellerie!"» e così dicendo, Luna cominciò a ballare.

Dalla sua danza si sprigionò nella baracca la solita ipnotica musica pop. Senza la protezione dei tappi, i ragazzi ne furono subito stregati.

E mentre Ciambella sognava miliardi, e i gemelli Suvlaki pensavano di essere i Ramarri Urlanti, muovendo le mani nell'aria e suonando all'impazzata chitarre invisibili, e Chiodo vedeva allargarsi il verde degli occhi di Luna, fino a formare due freschi e smeraldini laghi gemelli, la ragazzina uscì a passo di danza dalla baracca. Portava con sé un coltello a serramanico e due fotografie. Quello che voleva fare, lo voleva fare da sola.

Un'ombra che stava nascosta nel buio, dietro l'angolo, si mosse seguendo furtiva la ragazzina.

Cap. 21

UN PEDINAMENTO NELLA NOTTE

Luna camminava spedita nella notte. Era diretta al grande stadio dove, proprio in quei giorni, si tenevano i tre concerti dei Ramarri Urlanti, previsti dalla loro tournée.

C'erano manifesti dell'evento attaccati ovunque in città e Luna li aveva visti. Era una strana coincidenza che proprio quando veniva a scoprire che Jim Enon era suo padre, lui, che faceva concerti in tutto il mondo, si trovasse proprio lì, nel grande stadio, a pochi isolati dal porto dove lei viveva. Una felice coincidenza che la faceva sentire molto ottimista. Avrebbe trovato anche sua madre, se lo sentiva. E in qualche modo, prima o poi, si sarebbe anche liberata dalla schiavitù di Jo Pantegana. Le sembrava improvvisamente che la presenza dei Ramarri Urlanti in città fosse il segnale positivo di un cambiamento nella sua sorte. Il vento aveva girato e d'ora in poi la fortuna sarebbe stata dalla sua parte.

Raggiungere Jim Enon alla fine del concerto e aggirare tutto il servizio di sicurezza, di cui certamente si circondava, non sarebbe stato un problema. La soluzione Luna l'aveva nei piedi.

E così, benché il concerto non fosse ancora finito, la ragazzina, a passo di danza, superò le biglietterie e le transenne, lasciando dietro di sé molte persone incantate e sognanti. Mentre Luna entrava nello stadio, e le note del suo pop ipnotico perduravano nell'aria mischiate al sound dei Ramarri Urlanti, l'uomo che la seguiva come un'ombra, approfittando degli ultimi attimi di confusione, le s'infilò dietro senza che nessuno lo fermasse. Portava un impermeabile spiegazzato col bavero alzato, occhiali scuri, un borsalino calcato in testa e si muoveva furtivo e silenzioso, come un gatto.

Luna, persa nei suoi pensieri, non si avvide di essere seguita e ora, nella calca del concerto, l'uomo poteva avvicinarsi a lei senza destare nessun sospetto.

Dal palco Jim Enon annunciò ai suoi fans in delirio che, in chiusura di concerto, aveva per loro una sorpresa: un pezzo inedito, una novità assoluta. Poi, tra le urla di gioia e d'incitamento del pubblico, i Ramarri Urlanti attaccarono le prime note di *Non voglio diventare papà.*

I 50 000 spettatori presenti quella sera nello stadio ascoltarono così per primi il pezzo che, di lì a poco, sarebbe stato in testa a tutte le hit-parade mondiali. Cioè, 49 999 lo ascoltarono in anteprima perché uno, uno solo tra il pubblico, quel pezzo l'aveva già sentito. E quell'unico spettatore sentì anche, a pochi passi da lui, il commento acido e rabbioso della ragazzina che stava pedinando.

«Te lo faccio vedere io, se vuoi o non vuoi diventare papà, ah, ah!» disse Luna tra i denti e si avviò verso i camerini che erano stati allestiti dietro al palco, mentre il concerto si concludeva tra le ovazioni del pubblico.

Tutti in piedi, i fans di Jim Enon ballavano travolti dal sound della loro band preferita. Anche Luna si mise a ballare e così, senza difficoltà, si fece largo prima tra il pubblico, poi tra gli uomini del servizio di sicurezza. Infine si lasciò alle spalle, completamente imbambolata, anche la guardia del corpo di Jim Enon che presidiava l'entrata del suo camerino privato. Ci entrò e lì, seduta in poltrona, attese che l'idolo della serata, suo padre, arrivasse.

Ah, dimenticavo, anche l'uomo che la seguiva la perse di vista. Ad un tratto, mescolata alle ultime note di *Non voglio diventare papà*, aveva avvertito un'altra musica più ipnotica, più magica. All'improvviso gli era tornato in mente lo sguardo viola della maga che lo aveva stregato e si era perso tra il pubblico e nei suoi sogni.

Cap. 22

PAPÀ PER FORZA

«E tu chi sei e cosa diavolo ci fai qui dentro?» esclamò esterrefatto e piuttosto seccato Jim Enon quando entrò, stravolto dalla stanchezza, nel camerino. Lo seguivano Max, l'armadio umano, la sua truccatrice nonché struccatrice personale e il suo massaggiatore. Dopo un concerto, il cantante aveva sempre bisogno di almeno un'ora di un buon massaggio shiatsu.

Max si mosse come un caterpillar verso la ragazzina che se ne stava tranquillamente seduta in poltrona e le sue intenzioni, lo si capiva, non erano amichevoli. Emetteva anche un sordo grugnito, più da bestia che da uomo.

Jim Enon, intanto, lo guardava male.

«Si può sapere come ha fatto a entrare? Non l'hai vista? Non l'hai fermata?» gridò alla sua guardia del corpo.

«Non capisco...» borbottò l'armadio. «Ma adesso, in un attimo, la sbatto fuori!»

Luna si alzò in piedi, prima di essere raggiunta da quel bestione, e accennò qualche passo di danza...

Quando i quattro si ripresero, la situazione era questa: Max non aveva più tutto l'armamentario di pistole, coltelli e tirapugni che di solito si portava addosso. A dire il vero, non aveva più neanche la cintura dei pantaloni che gli erano calati ai piedi, lasciando bene in vista dei ridicoli mutandoni lilla con elefantini gialli. Non se ne accorse, perché si era perso in un lontano e spiacevole ricordo d'infanzia dove un coro cattivo di compagni gli canticchiava: «Ciccione, panzone, ci sembri un pallone!».

Max inciampò e cadde in avanti, sbattendo il naso contro il ripiano in marmo davanti alla specchiera. La guardia del corpo di Jim Enon finì ko, svenuta per terra.

La truccatrice, invece, non aveva più l'astuccio con tutto l'occorrente per struccare Jim Enon e le era completamente passata la stupida infatuazione che da anni la teneva vicina a quel cantante insensibile che non la degnava di una minima attenzione. Uscì dalla stanza, decisa a trovarsi un altro mestiere lontano da lì e, specialmente, lontano da Jim Enon.

Il massaggiatore non aveva più i suoi benefici oli da massaggio e se ne stava a testa in giù, in una difficilissima posizione yoga, completamente assorto in

JIM ENON
JE
2007
N 1
SMAK
AIR
HAN
Je
JE

meditazione, convinto di essere nella sua lontana e amata Thailandia.

In quanto a Jim Enon, non aveva più la sua famosa e preziosissima chitarra, né i guanti da boxeur che già indossava quando era entrato nel camerino, ma aveva uno sguardo perso e allucinato ed era completamente in estasi per quella musica che aveva appena sentito e di cui perduravano ancora, nell'aria, alcune ultime note tenaci.

«Anni... anni che cercavo, senza trovarla, una musica così! Meravigliosa, divina, incredibile... impossibile! Ma sei tu che...» disse infine, riuscendo a mettere nuovamente a fuoco quella strana ragazzina che intanto si era riseduta in poltrona.

Accanto alla poltrona c'era un sacco. Dentro al sacco stavano, chiuse insieme, diverse cose: una chitarra e dei guantoni da boxe, coltelli, pistole e tirapugni, un astuccio con boccette di struccante, rimmel, cipria e fondotinta e una serie di oli da massaggio. Una bizzarra accozzaglia di oggetti rubati che non avrebbe sfigurato nel retrobottega di Ugo Trippa.

«Insomma, chi diavolo sei e cos'è questa musica incredibile?»

«Ciao, papà!» disse Luna, e neanche un tirapugni manovrato da Max avrebbe avuto un effetto più devastante.

«Co... co... co...» cominciò a balbettare Jim Enon come un pollo impazzito.

«Sono Luna, figlia tua e di Ester Senzaterranéfissadimora. E queste piccole abilità penso di averle ereditate da te, anche se non volevi diventare papà, ah, ah! D'altra parte, neanche io volevo avere come padre un verme come te, eh, eh!»

Luna, così dicendo, aprì il sacco per mostrare al padre la sua abilità di borseggiatrice e gli consegnò anche, a maggior riprova delle sue parole, un certo coltello a serramanico e due fotografie che noi ben conosciamo.

Poi, mentre Jim Enon guardava allibito coltello e foto, Luna ricominciò a danzare producendo di nuovo quella magica musica.

A Jim Enon allora accadde una cosa strana. Smarrito in un sogno si vide che, al ritmo di quella melodia, cullava tra le braccia un bebè e fu preso da nostalgia e vergogna. Nostalgia per tutti i pianti, le risate, i giochi e la crescita negli anni di una bambina che non aveva visto né nascere né crescere. Vergogna per non averla vista né nascere né crescere.

Allora Jim Enon (o Jack Settedita, come preferite) all'improvviso scoppiò a piangere. Lacrime nere di rimmel gli scendevano lungo le guance, mentre Luna lo guardava e ballava senza sosta e senza pietà.

Guardandola, Jim Enon non poteva avere dubbi: quella ragazzina era senz'altro sua figlia. Aveva il ritmo e la musica nel sangue, l'abilità ladresca che era stata delle sue sette dita, e poi assomigliava a Ester come una goccia d'acqua somiglia a un'altra goccia d'acqua. Sperò che da lui non avesse ereditato anche la destrezza del tiratore di coltelli, perché gli occhi di Luna lo dardeggiavano e lo trapassavano peggio delle punte acuminate di quelle lame che lui aveva tante volte maneggiato.

«Basta, basta!» implorò tra le lacrime.

E Luna si fermò.

Non appena si spensero le ultime note del solito pop, anche la commozione di Jim Enon si dissolse rapidamente. Tornò praticamente quello di sempre e borbottò seccato: «Cosa vuoi? I miei soldi? Il mio cognome? Vuoi denunciarmi? Cos'hai in mente, insomma?».

«Voglio nome, cognome e indirizzo di un certo FM, uno che hai incontrato circa un mese fa» e Luna fu in grado di dirgli anche il giorno e il luogo, perché era tutto scritto negli appunti precisi del famoso taccuino trovato dentro la cartella di pelle.

Jim Enon la guardò sbigottito. Tutto si aspettava, fuorché una richiesta così insignificante e così strana.

«Filippo Merlo» disse. «È un investigatore privato

di un'agenzia che si chiama... aspetta che non mi ricordo... una roba come *Rinaldo Magnificus*... no, no... *Romualdo Splendidus*...»

«*Raimundo Splendor*» disse Luna che si ricordava di aver letto quel nome sull'elenco telefonico e di averlo commentato ridendo con gli amici.

«Ecco, sì! Ma perché me lo chiedi se lo sai già?» si irritò Jim Enon. «Comunque cercava tua madre».

«So anche questo!» e Luna si avviò alla porta, pronta ad andarsene. Da quell'uomo, bagnato da lacrime di rimmel, lacrime di coccodrillo, non voleva altro.

Sulla porta si scontrò con un tipo che stava entrando. Il tipo indossava un impermeabile spiegazzato, col bavero alzato, occhiali scuri e un borsalino calcato in testa.

Luna lo scansò e uscì.

«Aspetta!» le urlò dietro suo padre. «È lui Filippo Merlo!»

Luna tornò indietro e, rimettendosi a sedere in poltrona, disse tutta calma: «Questo non lo sapevo».

Cap. 23

LUCCIOLE PER LANTERNE

Pippo Merlo, che aveva perso le tracce di Luna nella calca del concerto, quando si era ripreso dall'ipnosi della musica pop, per prima cosa aveva deciso di cercarla nel camerino di Jim Enon. Si ricordava la strana frase pronunciata con ferocia dalla ragazzina: «Te lo faccio vedere io, se vuoi o non vuoi diventare papà, ah, ah!».

Era un indizio, un'indicazione del fatto che la misteriosa ragazza, probabilmente, si stava recando dal cantante. Ma chi era e perché fosse lì, per lui restava un vero enigma. Il detective non ci capiva niente. Si era anche stupito di non trovare nessuno a sbarrargli la strada sulla porta del camerino del cantante. Dov'era finito Max, l'uomo-armadio? Di lui non c'era l'ombra.

"Be', tanto meglio!" si era detto Pippo Merlo ed era entrato.

Adesso, nel camerino di Jim Enon, l'investigatore si guardò intorno confuso: l'uomo-armadio che aveva incontrato la volta precedente stava svenuto per terra, ingombrando mezzo locale. Uno strano individuo se ne stava a testa in giù, in una scomodissima e difficilissima posizione yoga, e apparentemente dormiva. Jim Enon sembrava una maschera sciolta, rigata di rimmel e lacrime. Cos'era successo lì dentro? E poi c'era quella ragazzina, l'unica dall'aspetto normale, che gli ricordava moltissimo qualcuno… Ma chi?

L'aveva pedinata tutta la sera, seguendo le indicazioni di Ugo Trippa, convinto che sulle sue tracce avrebbe scoperto qualcosa della Banda Musicale, e dove si era ritrovato? Ancora una volta ad assistere a un concerto dei Ramarri Urlanti. Ancora una volta davanti a quello sgradevole individuo, Jim Enon, ex Jack Settedita, ex compagno di Ester Senzaterranéfissadimora. Come mai?

Poi, come per una folgorazione, tutto gli sembrò chiaro ed evidente: i Ramarri Urlanti erano la Banda Musicale!

Non c'erano dubbi: Jack Settedita già in passato era stato un abile borseggiatore. Sicuramente non aveva mai smesso questa lucrosa attività, l'aveva solo perfezionata dandole un tocco da musicista: quella musica pop così ipnotica, che accompagnava ogni furto, non poteva essere che opera sua.

Ma perché sporcarsi così le mani, quando ormai la

band lo aveva reso miliardario? Pippo Merlo se lo chiese e si rispose anche, esclamando ad alta voce: «Il lupo perde il pelo ma non il vizio!».

"Un altro con la mania dei proverbi!" pensò Luna e sorrise ricordando 'O Scarrafone che però era solito dire: «Il pollo perde le piume ma non il pizzo». Ma la voglia di ridere le passò subito, perché FM, quell'uomo che aveva tanto sperato di incontrare, adesso stava estraendo una pistola e la puntava contro Jim Enon, un padre che non le piaceva ma che era pur sempre suo padre.

«Ti dichiaro in arresto!» disse il detective.

«Tu non sei un poliziotto e non puoi arrestarmi!» protestò Jim Enon.

«Mi seguirai comunque, senza fare storie, fino al primo posto di polizia e lì ci penseranno loro ad arrestarti!» Pippo Merlo appariva sicuro e deciso.

«Sei un bastardo traditore!» imprecò il cantante. «Avevi promesso che non l'avresti fatto, che avresti chiuso un occhio sul passato di Jack Settedita, se ti avessi detto tutto quello che volevi sapere!»

«Infatti, io non ti denuncio per i furti passati di Jack Settedita, ma per quelli attuali di Jim Enon, capo della famigerata Banda Musicale, ricercata dalla polizia di tutta la città!» dichiarò Pippo Merlo, continuando a puntargli l'arma contro.

Due paia di occhi sgranati di stupore lo fissavano: quelli di Jim Enon e quelli della ragazzina.

Fu un attimo, poi Luna sgattaiolò rapida tra le gambe divaricate del detective, pronta a fuggire nonostante la pistola. Quell'uomo, che aveva sperato fosse per lei un aiuto, si stava rivelando un pericolo. Il detective, a quanto pareva, era sulle tracce della Banda Musicale.

Ma due mani forti come morse le agguantarono le caviglie, proprio quando era ormai oltre la soglia della porta, facendola cadere e trascinandola di nuovo dentro la stanza. Max, l'uomo-armadio, si era appena ripreso dal suo svenimento. Non era però ancora molto saldo sulle gambe e, dopo aver afferrato Luna, mollò la presa e si accasciò di nuovo con le spalle appoggiate alla porta del camerino. Ogni via di fuga era comunque ostruita per chiunque.

Il primo a parlare fu Jim Enon, rivolto al detective: «Tu stai delirando: che bisogno avrei di svaligiare supermarket e sgraffignare portafogli sulle metropolitane? E se anche fosse, come avrei fatto a rubare in giro per le strade di questa città, mentre ero in tournée a Tokyo, a Praga o a Londra? E abbassa quella pistola!».

Pippo Merlo vacillò, tutta la sua sicurezza stava svanendo e si sentiva uno stupido. Tra l'altro l'orecchio sinistro non gli prudeva affatto. Aveva sbagliato tutto?

Poi, ripensando al tentativo di fuga della ragazzina e osservando la sua aria spaventata, riprese fiducia nel suo istinto e nelle sue capacità deduttive.

«Tu usi i ragazzini!» esclamò, sicuro di sé. «Non so perché lo fai, ma usi i ragazzini. Lei appartiene alla Banda Musicale!»

Il pallore di Luna gli confermò che aveva fatto centro.

La ragazzina trasse un lungo respiro e poi, molto calma, disse: «Mi dispiace, ma hai preso lucciole per lanterne. O, come direbbe un tizio che conosco, lumache per lampioni. Comunque, non hai capito niente. Sono io il capo della banda dei Popluna, quella che tutti chiamano la Banda Musicale. Mi chiamo Luna e sono la figlia di Ester Senzaterranéfissadimora e di questo qui!» concluse guardando con disprezzo Jim Enon.

A questo punto, Pippo Merlo sgranò gli occhi e fece appena in tempo a pensare: "Ecco chi mi ricordava! Le stesse trecce bionde, gli stessi occhi verdi... come nella fotografia di Ester bambina. È solo più grande".

Poi, sopraffatto da troppe emozioni e rivelazioni, fece un grande sbadiglio, lasciò cadere il revolver e crollò addormentato, travolgendo nella caduta il massaggiatore thailandese che, fino a quel momento, era rimasto immobile in meditazione a testa in giù.

Cap. 24

LACRIME E SBADIGLI

Un odore pungente e alcune vigorose sberle lo svegliarono. Il massaggiatore di Jim Enon gli stava facendo annusare qualche unguento molto potente da una delle sue boccette e a Max, l'uomo-armadio, non pareva vero di poterlo malmenare un po'.

«Svegliatelo!» aveva detto Jim Enon e i due l'avevano svegliato.

Non appena Pippo Merlo riaprì un occhio, il cantante disse ai due uomini: «E adesso lasciateci soli!».

Max e il massaggiatore uscirono dal camerino, senza discutere.

Poi il leader dei Ramarri Urlanti disse: «Credo che dobbiate scambiarvi qualche spiegazione, e anch'io penso di avere il diritto di sapere qualcosa di più su mia figlia!» e lo disse guardando Luna con una certa ammirazione. Scoprire che sua figlia era il capo della Banda Musicale l'aveva colpito, inoltre doveva strapparle il segreto di quel magico pop.

«Tu non hai nessun accidente di diritto!» gli gridò Luna piuttosto aggressiva. «Li hai persi tutti tredici anni fa, i diritti, quando te ne sei andato dal *Circo Babum* abbandonandomi prima ancora che nascessi!»

«A quanto pare ti ha mollato anche tua madre. Non devi essere un tipetto facile, tu!» ribatté il cantante.

Per Luna fu come ricevere uno schiaffo. Arrossì, poi impallidì, infine balbettò: «Mia madre non mi ha abbandonata. Lei è sparita... è diverso!» Sembrava comunque confusa e la voce le tremava. Poi, di colpo, scoppiò a piangere.

La ragazzina era scossa da singhiozzi violenti e a Pippo Merlo faceva pena, ma era obbligato a fare il suo dovere.

«Mi dispiace,» disse posandole una mano sulle spalle «ma se davvero sei a capo della Banda Musicale, sono costretto a portarti alla polizia e a consegnarti al commissario Sventola che si occupa del caso».

Jim Enon scosse la testa e non parlò, mentre qualche lacrima di rimmel gli scendeva sulle guance.

Luna singhiozzò ancora più forte, guardò disperata i due uomini e implorò: «No, vi prego! Se parlo con la polizia, Jo Pantegana ucciderà Richi!». Poi si morse la lingua, non avrebbe mai dovuto fare quel nome, ma ormai l'aveva detto.

A questa nuova rivelazione, Pippo Merlo barcollò, sbadigliò e rischiò di cadere ancora vittima della narcolessia, ma si diede due violente sberle da solo per restare sveglio.

Jo Pantegana, lo si sapeva anche se nessuno era mai riuscito a dimostrarlo, era a capo del Clan dei Siciliani. Pippo Merlo stesso, anni prima, aveva aiutato la polizia a incastrare 'O Scarrafone, un killer spietato, affiliato a quel terribile clan malavitoso.

Il commissario Sventola, suo amico, era riuscito ad arrestarlo, ma poi aveva dovuto rilasciarlo perché quelli del clan gli avevano procurato un alibi di ferro e avevano inquinato le prove. Pippo Merlo si ricordava bene quell'episodio. 'O Scarrafone se n'era andato tutto tronfio e soddisfatto e si era permesso anche di provocare il commissario con una serie di proverbi adatti all'occasione, come "non dire gatto finché non è nel sacco", "mettere il carro davanti ai buoi", "rimanere con un palmo di naso" e "tornare uccel di bosco". Ma naturalmente aveva detto: «Caro il mio commissario, lei ha voluto mettere il catarro davanti ai suoi! Non bisogna mai dire matto finché non è nel pacco. Così lei è rimasto con un salmo di raso e io torno lucertola di fosso!».

Ci sarebbe stato da ridere, se non fosse che non c'era proprio niente da ridere a dover lasciare libero, di nuovo in circolazione, un tipo come 'O Scarrafone.

Quindi Pippo Merlo, guardando Luna dritto negli occhi, disse: «Dunque tu lavori per il Clan dei Siciliani! La Banda Musicale è guidata e protetta da Jo Pantegana. È così? E Richi chi è, e perché rischia di essere ucciso?».

La ragazzina non rispose ma cominciò a tremare, più pallida che mai.

All'improvviso, il detective ripensò alle parole di Ugo Trippa: «Non muovere un dito, finché non hai capito bene com'è tutta la faccenda. Potresti causare un grande male, e chi sembra colpevole non ha colpa». Così gli aveva detto il macellaio. Allora, mentre gli prudeva l'orecchio sinistro, tutto gli fu chiaro.

«Ora capisco! Su, soffiati il naso e spiegami tutto!» disse con dolcezza, porgendo a Luna un fazzoletto.

E questa volta Luna parlò e raccontò tutto.

«Ma perché non sei andata a riprenderti Richi ballando?» chiese Jim Enon alla fine di quel racconto.

Pippo Merlo per un attimo non capì, poi si rese conto che il cantante alludeva a quello strano potere di Luna. È vero, come rubava soldi e gioielli, senza che nessuno se ne avvedesse, così poteva incantare per un po' Jo Pantegana e 'O Scarrafone e portarsi via Richi. Ma poi?

Infatti Luna rispose subito: «Troppo pericoloso e inutile, ci avrebbe ritrovati ovunque e comunque. Lui è il capo di un'organizzazione potentissima e noi siamo soltanto cinque poveri bambini senza genitori!».

A queste parole, le lacrime di rimmel di Jim Enon caddero più copiose e Pippo Merlo fece un grande sbadiglio. Prima di addormentarsi, riuscì però a dire: «Ho un piano, state a sentire...».

Quindi piombò nel sonno.

Cap. 25

UN PIANO STRATEGICO E UNA TELEFONATA

Sulla porta c'era scritto RAI UN O ENDOR.

Nessuno aveva ancora sostituito la targhetta. Dietro quella porta, infatti, c'era un detective troppo indaffarato.

Pippo Merlo, rientrato in possesso del suo taccuino, stava aggiornando gli appunti di quello che aveva intitolato *Il caso della figlia scomparsa* e su un altro taccuino aveva appena finito di annotare tutto quello che riguardava *Il caso della Banda Musicale.*

Stava, come si suol dire, facendo il punto della situazione. Si sentiva esaltato e fiducioso e quindi era pettinato con una bella riga rigorosamente a destra.

Per tener tranquillo Aureliano Senzaterranéfissadimora, gli aveva comunicato per telefono che le indagini procedevano con nuovi importanti sviluppi di cui per ora, comunque, preferiva non parlare.

Che il miliardario pazientasse un po', era questione di giorni.

In realtà, nulla faceva supporre che fosse questione di giorni. Aveva ritrovato la nipote di Aureliano, è vero, ma cosa gli faceva pensare che avrebbe ritrovato anche Ester? Niente di quello che gli aveva detto Luna dava troppe speranze e poteva giustificare la sua fiducia. Quella donna, Ester, era stata sparata in cielo da un cannone! Così almeno avevano raccontato alla bambina gli artisti del *Circo Babum*, e questo gli aveva raccontato Luna.

"Che strana vicenda, che destino incredibile!" pensò Pippo Merlo dopo aver aggiornato i suoi appunti.

Ester poteva benissimo essere morta, questa era in realtà la cosa più probabile.

Perché allora Pippo Merlo si sentiva così fiducioso? Perché era un detective superstizioso che si fidava delle orecchie che prudono, degli oroscopi e dei sogni. Quella notte si era sognato che la maga Madalona gli rivelava dove si trovava Ester. La soluzione era piuttosto assurda e inverosimile, perché la figlia di Aureliano se ne stava nascosta dietro una tenda nella stanza della maga, ma quel sogno gli sembrava comunque di buon auspicio.

Quella mattina poi, lunedì, l'oroscopo gli annunciava una settimana risolutiva. Era anche molto soddisfatto di sé perché aveva appena fissato nei minimi particolari, insieme al commissario Sventola, quel piano astuto che gli era venuto in mente nel camerino di Jim Enon, proprio prima di addormentarsi.

Lo so che anche voi, adesso, sarete ansiosi di conoscere questo piano strategico, ma dovrete pazientare perché se no la suspense va a farsi benedire e questo è un libro giallo e i gialli, lo si sa, devono essere pieni di suspense.

Vi dirò solo, quindi, che il piano era stato battezzato *Operazione Buon Compleanno* e che sarebbe scattato quel mercoledì, cioè due giorni dopo.

Una sola cosa turbava la serenità di Pippo Merlo, come una nuvoletta in un cielo sereno, ed era il comportamento di Madalona che da troppo tempo trovava ogni scusa per evitare d'incontrarlo.

Pippo Merlo sospirò e la nuvoletta s'ingrossò fino a diventare una minacciosa nuvola nera che oscurava mezzo cielo. Il detective estrasse il pettine e, in modo nervoso e meccanico, spostò la riga a sinistra. Anche i suoi pensieri si spostarono e Pippo Merlo si ritrovò a scrivere sul taccuino strane domande che nulla c'entravano col caso:

Ha ragione il mio amico Sam?

Madalona mi nasconde qualcosa?

La mia bella maga ama forse un altro e mi evita perché non osa dirmelo?

Come posso fare per rivederla, dato che ora non mi risponde neanche più al telefono?

Queste domande le scrisse in modo convulso, tra sigarette accese e spente nervosamente e qualche interruzione a causa delle forti botte in testa che si prese, andando a sbattere contro il muro, perché si dondolava sulla sedia, avanti e indietro, con troppa foga.

Più che gli indizi e le deduzioni di un investigatore privato, erano in verità i dubbi esistenziali e i tormenti personali di un uomo, ma Pippo Merlo li annotò lo stesso.

Aveva appena scritto la parola "telefono", quando proprio il telefono squillò.

Destino? Fatalità? A Pippo Merlo balzò il cuore in petto. La voce che gli giunse all'orecchio era quella di Madalona. La maga, del tutto imprevedibilmente, lo invitava a uscire a cena con lei mercoledì.

Pippo Merlo esitò. Proprio mercoledì sera sarebbe scattata l'*Operazione Buon Compleanno* e lui, alle 22 e 30, avrebbe dovuto trovarsi con la sua moto sotto il grattacielo dove viveva Jo Pantegana.

Ma come poteva perdere un'occasione così? Se avesse tergiversato o rimandato l'appuntamento con Madalona, poteva non presentarsi mai più un'occasione simile. Magari le stelle avrebbero consigliato alla chiromante di farsi monaca di clausura, o di affrontare la traversata dell'Atlantico da sola in barca a vela. Chissà, forse non l'avrebbe mai più rivista.

Doveva trovare una soluzione. Infine gli venne in mente che, proprio sotto quel grattacielo dove avrebbe dovuto appostarsi, c'era il ristorante cinese *Nuvole di drago.*

«Troviamoci alle ore 20 al ristorante *Nuvole di drago*, ok?» propose Pippo Merlo al telefono.

Fece appena in tempo a sentire la calda risposta affermativa di Madalona che, con un grande sbadiglio, crollò addormentato.

Si era stupito troppo, si era agitato troppo, aveva pensato troppo, si era emozionato troppo. Troppo!

Cap. 26

RIUNIONE GENERALE

Intanto, nella baracca dei Popluna, Luna aveva convocato una riunione generale. Erano tutti seduti attorno a un tavolo zoppo che ballava sempre perché aveva una gamba più corta delle altre.

«Balla come te!» diceva Chiodo a Luna, quando aveva voglia di scherzare. Ma adesso, anche se il tavolo ballava ogni volta che Ciambella ci appoggiava i gomiti sopra, nessuno aveva voglia di scherzare.

Luna aveva appena comunicato agli altri quattro una notizia pazzesca: «Dopodomani alle 14, ragazzi, dobbiamo svuotare il furgone portavalori della Banca Centrale».

Chiodo, a queste parole, s'infilò i due indici nelle orecchie e le sfregò per bene: doveva avere un disturbo d'udito, Luna non poteva aver detto quello che lui aveva sentito!

«Avete capito bene!» ripeté invece la ragazzina ai compagni che erano rimasti a bocca spalancata, come tanti pesci fuor d'acqua. «È questo l'ultimo incarico che mi è stato affidato».

«Non è assolutamente possibile, è un suicidio!» esclamò uno dei gemelli Suvlaki e l'altro, subito dopo, ripeté invariato lo stesso concetto: «È un suicidio, non è assolutamente possibile!».

Ciambella sembrava molto spaventata ma piagnucolò: «Dobbiamo farlo, se no quelli uccidono Richi!».

«E lo faremo» disse Luna molto calma.

«Tu sei pazza!» esclamò Chiodo. Non gli piaceva contraddire Luna. Si sentiva felice solo quando andavano d'accordo e quando aveva la sua approvazione, ma questa volta non poteva condividere le sue intenzioni. «Li avete visti anche voi tutti quei film polizieschi dove qualcuno assale un furgone portavalori. Finiscono sempre in un macello, in un vero massacro!»

«Sì, è una carneficina, un mare di sangue!» rincarò la dose Manolis. E Dimitris: «Sì, è un mare di sangue, una carneficina!».

Ciambella rabbrividì. Quelle parole, "carneficina", "macello", "mare di sangue" e "massacro", le avevano messo addosso una tale fifa che si era quasi dimenticata del fratellino e del pericolo che correva.

«Non ci prenderanno!» affermò Luna tranquilla.

Chiodo scosse la testa. «Invece la polizia ci beccherà! Questa volta sono d'accordo con 'O Scarrafone. Stiamo scherzando col cuoco e tanto va la matta al largo che ci lascia suo cugino!»

I gemelli Suvlaki approvarono, traducendo in coro i due proverbi: «Sì, stiamo scherzando col fuoco e tanto va la gatta al lardo che ci lascia lo zampino! La polizia ci beccherà!».

Luna scoppiò inaspettatamente a ridere e poi disse una cosa incredibile: «La polizia non ci beccherà affatto, perché è proprio la polizia che mi ha incaricata di svaligiare il furgone portavalori!».

Chiodo, a queste parole, le posò una mano sulla fronte per sentire se scottava: «C'hai la febbre, deliri? Ma di cosa stai parlando?».

«Sto parlando dell'*Operazione Buon Compleanno*, un piano geniale che ci farà riavere Richi e ci libererà per sempre di Jo Pantegana e del suo clan! Aprite le orecchie e state a sentire, dovrete fare tutto quello che vi dirò!»

E so che anche voi adesso avrete le orecchie ben aperte e starete aspettando con ansia di saperne di più su questa misteriosa *Operazione Buon Compleanno*. Ma che operazione misteriosa sarebbe, se non restasse ancora per un po' nel mistero? Vi prego quindi di pazientare. Sappiate solo che, alla fine delle spiegazioni di Luna, quattro voci gioiose declamarono in coro quella che era, da sempre, la frase di suggello ai loro progetti: «Uno per tutti, tutti per uno! Tappi per tutti, tranne per uno!».

«Uno fa i rutti, rutti per uno! Pappa per tutti, tranne per uno!» esclamò Chiodo, scimmiottando alla perfezione i gesti e le espressioni di 'O Scarrafone.

Chiodo aveva una mimica eccezionale e tutti scoppiarono a ridere, chiudendo in gloria quella riunione generale.

Cap. 27

IL SEGRETO DI MADALONA

Due giorni dopo, alle otto di sera, Pippo Merlo aspettava Madalona al ristorante *Nuvole di drago*. Era piuttosto nervoso perché stava seguendo due cose contemporaneamente e forse il suo comportamento non era né corretto né prudente.

La maga era in ritardo e questo l'innervosì ancora di più. Alle 22 e 30 in punto doveva essere fuori di lì, sotto il lampione vicino all'edicola di fronte, dove aveva lasciato parcheggiata la sua moto, pronto a intervenire, se ce ne fosse stato bisogno.

Intanto nel locale la televisione era accesa e stavano dando una notizia incredibile che lui conosceva già.

Quel pomeriggio, alle 14, il furgone portavalori della Banca Centrale era stato ripulito del suo prezioso contenuto. La tecnica era quella della Banda Musicale. Non erano stati sparati colpi di arma da fuoco, le guardie di scorta al furgone ricordavano poco e riferivano, in modo confuso, sogni, emozioni e visioni vissute mentre una strana musica pop le aveva intontite.

«Peggio di un gas esilarante, di un anestetico o di qualche litro di vino!» riferiva una delle guardie intervistate. «Quella musica non ti fa capire più niente, ti dimentichi chi sei e dove sei, però stai bene. Solo che dopo, quando ho visto il furgone vuoto, dopo sì che sono stato male!»

Sullo schermo continuavano le interviste e i commenti. A un certo punto apparve anche il volto del commissario Sventola che passava rapido tra i flash dei fotografi, scansando i microfoni che i cronisti, assetati di novità, gli mettevano sotto il naso.

«Niente da dichiarare! Per il momento non ho niente da dichiarare!» non faceva che ripetere. «Stiamo indagando... No, non posso dire di più!»

Il commissario si difendeva come poteva dalle valanghe di domande pressanti.

Qualcuno tra i presenti lanciò degli insulti nei confronti della polizia, e si sentì una voce che diceva: «Siete degli incompetenti!».

I cronisti non facevano mistero della scontentezza della popolazione che non si sentiva sufficientemente protetta dalla polizia.

"Domani cambierà la musica! Chissà che titoli!" si disse Pippo Merlo pensando a ciò che stava per succedere, se l'*Operazione Buon Compleanno* fosse andata secondo i suoi piani.

In quel momento arrivò Madalona e il detective non ebbe più occhi che per lei. Avrebbero potuto esserci dieci televisioni accese e lui non avrebbe sentito niente. C'era solo la voce calda della chiromante che diceva: «Scusa il ritardo».

Ordinarono nuvole di drago, involtini primavera e riso alla cantonese, poi Madalona fece un lungo sospiro e disse con difficoltà: «Ho pensato che fosse meglio parlarti. Ti devo delle spiegazioni, ti ho nascosto qualcosa e mi dispiace».

Pippo Merlo, tutto elettrizzato, e sicuro ormai che il suo amico e il suo sogno avessero ragione, disse: «Come immaginavo, tu sai qualcosa di Ester e me l'hai nascosto!».

«Ester? E chi è?» si stupì Madalona.

«Ma come? È la persona che sto cercando per incarico di suo padre, un mio cliente. Quella per cui hai invocato gli spiriti».

«Oh, quella...» fece la maga con aria svagata. «Quella non c'entra niente!»

Pippo Merlo era un po' deluso e provò a insistere: «Sei proprio sicura? Guarda che le tue trance mi sono state preziosissime, ho saputo tutto di Carmen Calzino. Anche Bobby Bloom, Vasilij e Mister Mac esistono davvero e lavoravano proprio con Ester al *Circo Babum.* Sei una grande maga! Sei sicura di non saperne di più?».

«Ma veramente?» e Madalona sgranò i suoi grandi occhi di un viola impossibile con sincero stupore. «Tutta questa gente esiste? E ha a che fare con la donna che cerchi? Ma allora tu mi hai attivato i canali della visione e della percezione extrasensoriale!»

«Perché ti stupisci? Tu sei una maga, no?!»

Madalona a questa domanda, che in realtà era un'affermazione che non esigeva risposta, invece rispose. E la risposta fu sorprendente: «No, non sono affatto una maga. È questo che dovevo dirti».

Pippo Merlo ne rimase così scosso che, dopo un grande sbadiglio, cadde come al solito vittima di un nuovo attacco di narcolessia.

Cap. 28

BUON COMPLEANNO!

Intanto, nello stesso grattacielo, 22 piani sopra il ristorante *Nuvole di drago,* era in corso una festa per pochi intimi. I pochi intimi erano in realtà una quindicina di persone, i collaboratori più stretti di Jo Pantegana, tutti pericolosi gangster, affiliati del Clan dei Siciliani, e le loro rispettive compagne, tutte soubrette o stelline del cinema, molto vistose d'aspetto e pericolose rivali di Buonanotte Betty per la conquista del titolo di "Miss Stupidità".

Erano lì riuniti per festeggiare il compleanno di Jo Pantegana, e 'O Scarrafone si era assunto l'incarico di preparare per l'occasione una raffinata cena fredda a buffet. La compagnia era allegra e animata, le donne cinguettavano tra loro e ronzavano tutte attorno a Buonanotte Betty, come api attorno al miele, per ammirare la famosa collana di smeraldi che lei sfoggiava per l'occasione. Gli urletti d'ammirazione non erano privi di gelosia e invidia.

Gli uomini sorseggiavano gli aperitivi parlando di affari, e non erano affari puliti.

C'erano Cimice Calder e Maritozzo Caunter, due italo-americani che si occupavano di traffico di alcolici e droga; Mandarino, un pericoloso cinese che si occupava di traffico d'armi; un tipo emaciato, chiamato solo Teorema, che si occupava di riciclaggio di denaro sporco, e alcuni killer professionisti a cui venivano affidati, di volta in volta, casi particolari. Tra loro c'era anche una donna, l'unica non di contorno. Veniva chiamata Mamma Li Turchi e, a onor del vero, aveva un paio di baffi che avrebbero fatto invidia a un uomo. Parlava solo in stretto dialetto siciliano, era piuttosto anziana, rispettata e temuta, ed era il braccio destro di Jo Pantegana.

Ad un tratto Jo Pantegana disse: «Zitti tutti!».

La televisione, accesa in un angolo del salone, aveva attirato la sua attenzione. Stavano dando i particolari del clamoroso furto al furgone portavalori blindato.

Nell'improvviso silenzio generale, Jo Pantegana balzò in piedi e gli cadde il sigaro che aveva tra le labbra: era rimasto a bocca aperta dallo stupore.

«Impossibile!» rantolò. «Luna e la sua banda. Non possono che essere stati loro!»

Mamma Li Turchi fu la prima a parlare e aveva una voce sgradevole come una sega. Vi risparmio lo stretto

HAPPY BIR

siciliano, che non sareste in grado di capire, e traduco per voi ciò che disse: «Ma non sei stato tu a dare questo incarico alla Banda Musicale?».

«Non fui io, non questa volta!» Jo Pantegana non riusciva a staccare gli occhi dal video. «I picciriddi vogliono fare i furbi. Cos'hanno in mente? Se pensano di filarsela con un malloppo così, la pagheranno cara! Si sono scordati che il moccioso è nelle nostre mani?»

Non riusciva a capacitarsene, Luna e i suoi amici avevano avuto il coraggio e l'incoscienza di assalire un furgone portavalori. Che rischio! Neanche lui avrebbe osato esporli a tanto. Quello era un furto da professionisti.

'O Scarrafone invece fece un fischio d'ammirazione: «La picciridda c'ha milza!».

«Fegato, 'O Scarrafone, fegato! Ma non doveva farlo, o almeno io non le dissi di farlo!»

«Sai com'è capo, chi va col maiale impara a grufolare!»

«Chi va con lo zoppo impara a zoppicare» corresse stancamente Jo Pantegana. «Be', per qualcuno di voi la festa è finita. 'O Scarrafone, Lama e Vic Veleno, andate subito alla baracca sul porto e portatemi qui la Banda Musicale al completo, se li trovate tutti lì. Se invece non ci sono, fate in modo di trovarli comunque, dovunque siano».

Lama e Vic Veleno erano due dei killer, detti anche "il gatto e la volpe" perché avevano delle fattezze l'uno un po' feline e l'altro un po' volpine. Erano inseparabili e molto furbi.

Lama si gettò in bocca una manciata di noccioline americane, scolò il suo cocktail, guardò con rimpianto la tavola imbandita e disse: «Agli ordini capo, andiamo!».

Vic Veleno si riempì la bocca di tartine al salmone, per le quali andava pazzo, e bofonchiò: «... ordini ...po ...amo!».

«Li beccheremo e torneremo qua alla velocità della lucertola... o era la lumaca?» si chiese 'O Scarrafone, per una volta dubbioso.

«Per carità, della luce!» sospirò col solito rantolo Jo Pantegana.

Tornarono effettivamente alla velocità della luce perché, proprio sulla porta, si scontrarono con l'intera Banda Musicale.

Luna stava per suonare il campanello in quell'istante. I ragazzi, come al solito seminascosti da sciarpe e berretti, erano sei, ma nessuno ci fece caso.

I tre ceffi li scortarono nel salone e i ragazzi, appena entrati, vi depositarono dei grossi pacchi col fiocco, avvolti in carta dorata.

Luna disse: «Buon compleanno!».

Poi, tutti in coro, intonarono il solito *Tanti auguri a te* con un sound piuttosto pop-rock. Uno di loro aveva davvero una gran bella voce.

Buonanotte Betty fu la prima a scartare e aprire uno dei pacchi, in queste cose era abile e veloce.

«Santo cielo, micione, guarda!» strillò la ragazza.

I pacchi contenevano tutto ciò che prima era stato contenuto nel furgone portavalori. Un largo sorriso scoprì la brutta dentatura giallastra di Jo Pantegana.

In quel momento Luna cominciò a ballare e il sesto ragazzo, quello dalla bella voce, che aveva sempre tenuto le mani in tasca, ora le tirò fuori. Ogni mano aveva sette dita e teneva, non si sa come, altrettanti coltelli.

Cap. 29

NARCOLESSIA E AMNESIA

Intanto, nello stesso grattacielo, 22 piani sotto, al ristorante *Nuvole di drago*, Pippo Merlo stava riaprendo gli occhi, risvegliato da un disgustoso odore di fritto e da una musica cinese molto acuta e ripetitiva.

Madalona, che come al solito lo sorreggeva, cercava di fargli bere del tè caldo al gelsomino e il cuoco cinese gli teneva sotto il naso una padella wok piena d'olio di frittura.

«Olio di flitto cinese poltentoso pel fal linvenile chi è svenuto!» assicurava il cuoco.

«Non è svenuto, è addormentato» gli spiegava Madalona.

«Olio di flitto cinese può svegliale anche un molto! E musica cinese lende più dolce il lisveglio!»

Pippo Merlo, però, era sicuro che "l'olio di flitto" avrebbe potuto uccidere anche un uomo forte e sano e la noiosissima musica cinese farlo dormire un sonno eterno.

Allontanò la padella con una smorfia e si sforzò di ringraziare il cuoco cinese.

Strano caso, quello, pensò il detective. Un caso condotto per lo più tra cibo e musica, tra ristoranti e concerti, tra ostriche, brasato e nuvole di drago. Condotto pure in una macelleria, circondato comunque da bistecche.

Mentre la musica cinese imperversava e Pippo Merlo filosofeggiava sulle stranezze di quel caso, all'improvviso gli venne in mente un'altra musica, quella di Luna e della Banda Musicale. Santo cielo, la Banda Musicale!

L'investigatore sobbalzò e, ancora stordito, si rese conto che forse Luna, proprio in quel momento, stava sprigionando quella musica 22 piani più sopra.

Luna... il piano... Jo Pantegana... Ma che ora era?

Pippo Merlo venne colto dalla nausea: il tè al gelsomino era troppo profumato e dolciastro, ma il suo malessere era dovuto specialmente alla preoccupazione. Mille domande gli si affollavano in testa. Se Madalona non era una maga, chi era allora? E a che punto era, 22 piani più sopra, quella che lui stesso aveva battezzato *Operazione Buon Compleanno*?

Pippo Merlo guardò l'orologio: le 22 e 15! Aveva solo un quarto d'ora per trovarsi puntuale al suo posto. Ma la curiosità era troppo forte e non poté fare a meno di chiedere a Madalona: «Ma allora, chi sei, se non sei una maga?».

«Non lo so» rispose la finta maga. «È una faccenda lunga ed è giusto che io te ne parli perché credo di aver capito i tuoi sentimenti».

E qui Madalona fece un gesto dolcissimo che sciolse Pippo Merlo facendogli dimenticare ogni altra cosa. Madalona gli diede una tenera carezza sulla guancia ruvida di barba.

Pippo Merlo si maledisse per non essersi rasato quella sera, prima di uscire di casa. La sua barba cresceva rapidissima, ispida e scura, e gli dava sempre un'aria trascurata e un po' truce che faceva tanto detective, ma che non era certo adatta per un innamorato al suo primo appuntamento con l'amata.

«Sì, io ti amo!» balbettò il detective sotto l'influsso di quella carezza.

«Anch'io» disse inaspettatamente Madalona. Poi urlò: «Olio di fritto, presto!».

Il cuoco cinese corse col suo wok puzzolente appena in tempo perché Pippo Merlo, sconvolto dall'emozione, non crollasse di nuovo addormentato. Il detective annusò quell'olio rancido a pieni polmoni e si riprese.

Santo cielo, Madalona lo amava! Pippo Merlo le strinse le mani tra le sue e forse precipitò un po' le cose chiedendo: «Ci fidanziamo? Quando ci sposiamo?».

«Non posso né fidanzarmi né sposarmi» dichiarò Madalona con un'espressione tristissima nei meravigliosi occhi viola. «Ho cercato di scacciare il sentimento che provo per te, ma non ci sono riuscita. Ho cercato di evitarti in tutti i modi, ultimamente».

«Me n'ero accorto. Ma perché, se anche tu mi ami?» le chiese turbato Pippo Merlo.

Madalona fece un lungo sospiro. «Non posso! Alla fine ho deciso che era più onesto parlartene...»

«Insomma, non tenermi sulle spine! Cosa mi nascondi? Sei sposata, hai dieci figli, sei ricercata dalla polizia? Parla, ti prego!»

«È questo il punto: potrei essere sposata, avere dieci figli, essere ricercata dalla polizia... qualunque cosa! Non lo so, perché io non so chi sono e non ricordo nulla del mio passato».

A queste parole, Pippo Merlo si chinò sul wok che il cuoco cinese gli aveva lasciato in tavola per ogni evenienza. Fece praticamente dei suffumigi d'olio di fritto, inalando profondamente. Forse aveva trovato una cura per la narcolessia.

«Spiegati meglio!» disse infine, sbadigliando suo malgrado.

«Be', è semplice, tu soffri di narcolessia e io di amnesia. È come se la mia vita fosse cominciata ad un certo punto, prima di quel punto non ricordo nulla. Non so chi ero, dove sono nata, che lavoro facevo, come mi chiamo. Madalona è un nome che mi hanno dato quelli che mi hanno trovata mentre vagavo immemore di tutto. Ricordavo solo, non so perché, un mazzo di carte e poche altre cose. Quel mazzo di carte mi ha fatto venire l'idea d'improvvisarmi chiromante. Dovevo pur vivere, ma in realtà non sono una maga. Il fatto è che, non sapendo nulla di me, mi sono accorta di essere un buono specchio per gli altri. Li ascolto e capisco molto bene i loro problemi, i loro sogni e desideri nascosti. Fingo d'interrogare le stelle o di leggere le carte e dico quello che mi sembra di aver capito. Un po' di fiuto psicologico, nient'altro!»

«No, non è possibile!» si ribellò Pippo Merlo. «E Carmen Calzino, allora? E tutto quello che mi hai detto di vero durante le tue trance?»

«Appunto, questo sì che è strano! Io prima fingevo le trance, non ne ho mai avuta una vera prima d'incontrarti. Tu mi hai portato l'amore e con l'amore il dono della visione. Non so spiegarmelo diversamente. Comunque non posso fidanzarmi né sposarmi con te finché non so chi sono. Non sarebbe giusto» concluse la finta maga.

«Ma da quando è iniziata quest'amnesia? Quanti

anni della tua vita non ricordi? Quando e dove ti hanno trovata che vagavi immemore di tutto?»

Prima che Madalona potesse rispondere a tutte queste domande, il cellulare di Pippo Merlo squillò.

L'investigatore sobbalzò e guardò il display: era il commissario Sventola. Le cose non erano andate lisce, evidentemente, e lui era ancora lì, seduto al ristorante *Nuvole di drago*, anziché trovarsi pronto a intervenire in sella alla sua moto. Mentre rispondeva al cellulare, guardò l'ora e imprecò, accorgendosi di quanto fosse in ritardo.

«Ci è sfuggito 'O Scarrafone! Corre verso l'autostrada a sud, a bordo di una Mercedes nera truccata» disse la voce familiare del commissario Sventola.

Pippo Merlo imprecò nuovamente, si alzò di botto, rovesciò tutto l'olio di fritto, afferrò Madalona per un braccio e se la trascinò dietro, uscendo di corsa dal locale senza neppure pagare il conto.

«Al ladlo! Al ladlo, non ha pagato!» urlò il cuoco cinese, molto pentito di avere rianimato più volte quel cliente imbroglione.

Il cuoco prese la padella wok, il cui contenuto si era completamente rovesciato, e corse fuori impugnandola come un'arma. Non vedeva l'ora di rimandare quel cliente nel mondo dei sogni con una bella padellata in testa.

«Meglio chiamale polizia! Tolna indietlo!» gli urlò la moglie che stava alla cassa. Ma il cuoco esclamò, lanciandosi all'inseguimento: «Olio di flitto lianima un molto, padella wok stende un bue!».

'O Scarrafone sarebbe stato ben felice di aggiungere al suo repertorio questo antico proverbio cinese.

Cap. 30

AVVIAMENTO E RETROMARCIA

Pippo Merlo fece appena in tempo a vedere i fanalini di coda di un'auto scura e potente che sgommava, allontanandosi nella notte a velocità folle.

Subito salì sulla moto che aveva lasciato parcheggiata sotto il lampione, accanto all'edicola di fronte.

«Tu resta qui!» disse a Madalona. Ma la finta maga gli si buttò dietro protestando: «Io vengo con te, adesso sei tu a dovermi delle spiegazioni!».

«Non adesso!» disse l'investigatore mettendo in moto e rassegnandosi a portarsi dietro, in quell'inseguimento, Madalona che ormai gli stringeva la vita in sella alla motocicletta.

La Mercedes truccata filava a tutta velocità. Anche la moto di Pippo Merlo era truccata, ma più per tenerla insieme che per farla andare veloce, perché i soldi per comprarne una nuova, come avrebbe voluto, gli erano sempre mancati.

Come avrebbe fatto a raggiungere 'O Scarrafone?

La moto aveva comunque il vantaggio di essere più agile nel traffico e Pippo Merlo, che era un centauro provetto, spinse a fondo l'acceleratore.

Il vento gli fischiava nelle orecchie, il motore rombava e Madalona urlava: «Che cosa sta succedendo? Dimmi qualcosa!».

E adesso immagino che anche voi vogliate sapere cos'era successo e che vi aspettiate qualche spiegazione.

Allora, dopo aver assistito all'avviamento della moto, per ora non la seguiremo nella sua corsa nella notte ma, inserendo per un attimo la retromarcia, torneremo indietro di tre quarti d'ora nel tempo e in su di 22 piani nello spazio. Insomma, torneremo nell'appartamento di Jo Pantegana dopo gli auguri di buon compleanno.

E qui, l'avrete capito, quel sesto ragazzino che aveva sfoggiato sette dita e sette coltelli per mano era in realtà Jim Enon, ex Jack Settedita che, grazie al suo fisico, si confondeva facilmente con quello che Jo Pantegana avrebbe definito "un picciriddu".

Il piano di Pippo Merlo era ingegnoso e abbastanza semplice. La Banda Musicale doveva assalire il furgone portavalori, inscenando un furto clamoroso, d'accordo in realtà con la polizia. Poi i ragazzi avrebbero consegnato la refurtiva a Jo Pantegana, in modo da portargli in casa la prova della sua colpevolezza.

Al commissario Sventola bruciava ancora il rilascio forzato di 'O Scarrafone, protetto dal clan che aveva fatto insabbiare le prove contro di lui e gli aveva fornito un falso alibi.

«Si sono salvati sempre, anche se colpevoli, e questa volta finiranno tutti dentro per un furto di cui sono innocenti!» aveva detto il commissario, soddisfatto. Poi, per prendersi un'ulteriore rivincita su 'O Scarrafone, aveva concluso con due proverbi: «A estremi mali, estremi rimedi. Li prenderemo con le mani nel sacco, anche se il sacco glielo forniremo noi!» e non la finiva più di ringraziare Pippo Merlo che aveva scoperto tutto sulla Banda Musicale e su Jo Pantegana.

«Non me ne dimenticherò! Quando sarà il momento di fare dichiarazioni alla stampa, avrai il tuo momento di gloria!» aveva promesso il commissario a Pippo Merlo, quando gli aveva suggerito quella che avevano battezzato *Operazione Buon Compleanno.*

Il compleanno di Jo Pantegana, di cui Luna era a conoscenza, era stato come la ciliegina sulla torta: un'occasione per trovare, riunita al completo, l'intera cosca mafiosa. Ma un intervento della polizia sarebbe stato pericoloso e poteva costare molte vite.

Tutti gli uomini di Jo Pantegana erano armati e l'appartamento, col suo pianoforte pieno di armi, era un vero arsenale.

Così Pippo Merlo aveva pensato di introdurre nell'appartamento, insieme ai ragazzi, anche Jim Enon. E quando Luna con la sua danza aveva incantato tutti, ognuno perso in un proprio sogno (e vi assicuro che non erano sogni molto edificanti!), il cantante aveva fatto sfoggio di quella che era stata in passato l'abilità di Jack Settedita. Centinaia di coltelli erano volati uno dopo l'altro e contemporaneamente dalle sue mani, infilzando gonne, pantaloni, maniche di raso e sciarpe di tulle e bloccando tutti i presenti, chi letteralmente inchiodato a un mobile, chi a una libreria, chi a una parete rivestita di legno, chi al parquet del pavimento perché si era gettato a terra. Nessuno era stato né scalfito né ferito, ma nessuno poteva muovere un dito, immobilizzato com'era da tutte quelle lame.

Intanto Luna, Chiodo, i gemelli Suvlaki e Ciambella avevano recuperato Richi ed erano fuggiti da quell'appartamento. Nel momento stesso in cui avevano aperto la porta per uscirne, gli uomini del commissario Sventola, secondo gli accordi, vi erano entrati per cogliere con le mani nel sacco il Clan dei Siciliani, reso del tutto innocuo dai coltelli di Jim Enon (o Jack Settedita, come preferite).

L'unico danno subito dalla polizia era stato una raffica di sputi che aveva colpito in faccia il commissario Sventola quando aveva tentato di calmare Buonanotte Betty, completamente isterica e in preda a una crisi di singhiozzo convulso.

Però c'è un però.

Il fatto è che quando il tiratore di coltelli era entrato in azione, peggio di Ulisse quando a Itaca si era vendicato dei Proci, in realtà nel salone mancava una persona.

Quella persona era 'O Scarrafone.

La guardia del corpo di Jo Pantegana che quella sera, come sappiamo, era molto occupata nelle sue mansioni di cuoco, si era ricordata all'improvviso della torta di compleanno. Era una gigantesca torta gelato che 'O Scarrafone aveva confezionato con le sue mani e con tanta cura, e che aveva lasciato in freezer. Ora quella torta, per essere assaporata in tutta la sua bontà, non doveva essere né troppo ghiacciata né troppo sciolta e quindi andava tolta dal freezer esattamente 19 minuti e 5 secondi prima di essere servita. Così almeno sosteneva 'O Scarrafone.

Il killer l'aveva dimenticata in freezer 5 minuti e 3 secondi di troppo e per questo si era precipitato in cucina, proprio dopo l'augurio di buon compleanno gridato dalla Banda Musicale. Anzi, erano stati proprio quel "buon compleanno" e la relativa canzoncina d'auguri a fargli venire in mente la torta.

'O Scarrafone non era dunque nel salone quando

Luna aveva iniziato a ballare e Jim Enon (o Jack Settedita, come preferite) a tirar coltelli.

Naturalmente, la musica si sentiva anche dalla cucina e 'O Scarrafone si era bloccato con la mano sullo sportello aperto del freezer, perso in un sogno.

Sognava di essere cuoco, soltanto un cuoco e non più un killer. Era un cuoco apprezzato e la folla lo incitava: «'O Scarrafone, facci ancora il minestrone!». Ma quella folla era vestita tutta nello stesso modo, con delle tute identiche a righe, e faceva freddo, troppo freddo...

Con orrore, 'O Scarrafone si era reso conto che quelle tute erano divise da carcerati e il carcere era mal riscaldato, anzi non era riscaldato affatto, era una vera ghiacciaia.

Quando 'O Scarrafone si era ripreso da quell'incubo, si era ritrovato a starnutire col moccolo al naso davanti a un freezer aperto. Probabilmente si era beccato la polmonite, mentre la torta gelato si squagliava e gli gocciolava sui piedi. Però si era evitato l'arresto.

L'appartamento era vuoto, la polizia ne era appena uscita scortando in manette Jo Pantegana e tutti i suoi soci.

Cap. 31

C'È CHI SVIENE E CHI RINVIENE

Pippo Merlo, sfrecciando nel traffico, zigzagava tra auto, camion e autobus e passava ogni semaforo senza neanche rallentare, che fosse verde, arancione o rosso.

Madalona urlava terrorizzata: «Tu ci vuoi uccidere!».

Ma Pippo Merlo in motocicletta era un pilota provetto, esperto di rally e acrobazie di ogni genere. Non per niente il commissario Sventola l'aveva incaricato di appostarsi con la sua moto nei paraggi, per eventuali interventi d'emergenza.

Il detective saliva e scendeva dai marciapiedi, schivava pedoni, superava auto in coda, infilandosi in ogni minimo spazio tra carrozzeria e carrozzeria, e recuperava sempre più terreno. Ormai i fanalini di coda della Mercedes erano due punti rossi molto vicini, ma 'O Scarrafone stava per raggiungere l'imbocco dell'autostrada dove avrebbe potuto filare a velocità sostenuta, senza gli intoppi e i problemi che gli creava il traffico cittadino. In autostrada l'avrebbe seminato, e Pippo Merlo lo sapeva. Sperava ardentemente che il commissario Sventola avesse predisposto un posto di blocco all'ingresso dell'autostrada.

E il posto di blocco c'era, ma lì accadde l'irreparabile.

'O Scarrafone tentò di superarlo ugualmente in volata, travolgendo auto e transenne e sparando all'impazzata, poi perse il controllo e l'auto andò a sbattere contro un palo prendendo subito fuoco.

Pippo Merlo intanto cercava di frenare, ma sbadigliò. Fu un lungo e sonoro sbadiglio.

Ma ci si può addormentare su una moto lanciata a tutta velocità?

Purtroppo Pippo Merlo poteva e s'addormentò premendo a fondo il freno. Troppe emozioni!

La moto inchiodò e proiettò nell'aria, con un volo rocambolesco, la maga Madalona. La si vide disegnare un arco nel cielo, illuminato dalla luna, e poi sparire dietro un alto terrapieno che correva a lato dell'autostrada.

Pippo Merlo, profondamente addormentato, fece una rovinosa caduta insieme alla sua moto. Non poté così vedere un cuoco cinese scendere da una potente Suzuki con in mano, brandita a mo' di clava, una padella wok molto puzzolente.

Il cuoco vide un'ombra scavalcare la moto caduta e mettersi a correre. Intanto molti poliziotti si precipitavano nella sua direzione.

Certo sua moglie aveva chiamato la polizia, pensò il cuoco cinese. Ma possibile che ci fosse un simile spiegamento di forze per un semplice conto non pagato? Che meravigliosa ed efficiente organizzazione! In tutti i casi, prima che intervenisse la polizia, il cinese voleva vendicarsi personalmente di quel cliente ingrato e imbroglione. Menò quindi un gran colpo di wok sulla testa dell'ombra.

'O Scarrafone – perché quell'ombra era proprio lui che era riuscito a uscire dall'auto in fiamme – un attimo prima che la micidiale padella gli calasse sulla testa, fece appena in tempo a gridare: «Dalla padella nella brace!».

Poi, vedendosela calare in testa, si chiese: «O era dalla brace nella padella?».

Povero 'O Scarrafone! Per la prima volta in vita sua era riuscito a imbroccare un proverbio giusto, e arrivava un cuoco cinese in Suzuki a confondergli le idee e a spedirlo nel mondo dei sogni e nelle braccia della polizia.

Ma noi lasciamo uno che piomba nell'incoscienza per occuparci invece di uno che dall'incoscienza sta uscendo.

Pippo Merlo riprese coscienza, qualche ora dopo, in un corridoio del pronto soccorso dell'ospedale. Stava sdraiato su una barella e, accanto a lui, su una barella identica, stava seduta Madalona.

Il detective aveva male dappertutto ma era vivo e, quel che più contava, era viva Madalona che, incredibilmente, sembrava non aver riportato neanche un graffio. Era però bagnata fradicia e i capelli corvini, appiccicati al volto, gli sgocciolavano addosso perché la maga era ansiosamente chinata su di lui.

«Se dio vuole, hai ripreso conoscenza! Dicono che hai solo un braccio e due costole rotte. La faccia poi non è una bellezza, ha avuto un incontro ravvicinato con l'asfalto, ma è un vero miracolo che tu te le sia cavata con così poco! Come ti senti?»

Pippo Merlo emise un lamento. Bene non stava, ma era troppo felice che lei fosse incolume. Com'era possibile?

La risposta gli arrivò da Madalona: «Io, quando la moto ha inchiodato, sono letteralmente volata in aria, ma ho avuto più fortuna. Sono finita nel fiume, oltre il terrapieno. Ho solo fatto un bel volo e un bagno gelato provvidenziali».

«Provvidenziali?» chiese Pippo Merlo che non capiva.

«Be', a quanto dicono i medici sembra che provvidenziali siano stati lo shock e il ripetersi di un'esperienza già vissuta. Adesso so chi sono e quindi, quando starai meglio, se sei ancora dello stesso parere, potremo fidanzarci».

Pippo Merlo era incredulo: «Sai chi sei? E chi saresti, dunque?».

«Sono la donna che stavi cercando!»

«Su questo non c'è dubbio, tesoro, sei la compagna che ho sempre sognato, ma...»

«Ma non hai capito niente! Io sono Ester Senzaterranéfissadimora, figlia di Aureliano e madre di Luna».

Tutto poteva aspettarsi il nostro detective, ma non questa stupefacente rivelazione. Boccheggiò senza riuscire a proferire parola e Madalona (o Ester, come preferite) gli prese una mano tra le sue e proseguì il suo racconto, tenendo gli occhi chiusi per l'emozione di rievocare il passato.

«Lavoravo al *Circo Babum* e una sera sono stata sparata al posto della donna cannone che si era ammalata. Non so cosa sia capitato, ma le cose non sono andate come previsto. Ho fatto un volo terribile che mi sembrava non dovesse finire mai e poi sono precipitata in un fiume ghiacciato. Ai guardiani di una chiusa, che mi hanno ripescata, sconvolta e mezza assiderata, non facevo che ripetere: *The mother Luna...*

The mother Luna... perché l'unica cosa che ricordavo erano la mia bambina e il soprannome che mi avevano dato gli amici del circo. Ma mi tremavano le labbra e loro hanno capito "Madalona" e hanno creduto che fosse il mio nome. Poi sono svenuta e sono rimasta incosciente per giorni. Al risveglio, non ricordavo assolutamente più nulla del mio passato, solo dei coltelli e un mazzo di carte. Il resto lo sai. Adesso un identico volo, nello stesso fiume ghiacciato, mi ha riportato tutto alla memoria. Devo assolutamente ritrovare Luna! Da quando ricordo tutto, non penso ad altro: la mia bambina ormai avrà dodici anni, è pazzesco! Mi aiuterai a ritrovarla?»

Pippo Merlo non poté dirle che l'aveva già ritrovata perché in realtà, dopo le prime quindici parole di Madalona (scusate, Ester), e cioè dopo la prima frase, aveva fatto un grande sbadiglio ed era ripiombato nel mondo dei sogni, travolto dall'emozione dell'incredibile rivelazione.

Ma Madalona... (scusate, Ester, devo ancora abituarmi!) ... ma Ester, che aveva raccontato tutto restando a occhi chiusi, non se n'era accorta.

Ritrovò comunque sua figlia molto prima di quanto non potesse sperare, ed esattamente cinque minuti dopo, quando la porta del pronto soccorso si aprì ed entrò una ragazzina tutta agitata che veniva a chiedere notizie di un investigatore ferito, un certo Filippo Merlo.

Ester la riconobbe subito, anche se non l'aveva più rivista da quando aveva quattro anni, e per l'emozione troppo forte svenne.

Sì, lo so, c'è un eccesso di emozioni e c'è un sacco di gente che sviene e rinviene, ma questo lo si sapeva già dal titolo del capitolo.

Cap. 32

EPILOGO, DOVE TUTTO È BENE QUEL CHE FINISCE BENE

Se vi state chiedendo come mai Ester fosse bionda e con gli occhi verdi e la maga Madalona avesse capelli corvini e occhi viola, be', sappiate che se lo chiese anche Pippo Merlo.

La spiegazione è molto semplice: secondo Madalona, per fare la maga in modo convincente, occorreva un aspetto più da maga, cioè più oscuro e misterioso. Quindi si era tinta i capelli e messa delle lenti a contatto. Aveva così ottenuto un colore dell'iride che Pippo Merlo aveva sempre definito "impossibile" perché, in effetti, impossibile era.

«Credo che ti amerò anche bionda e con gli occhi verdi!» le assicurò il detective.

Pippo Merlo uscì da questa storia acciaccato ma felice, e specialmente fidanzato, e anche decisamente famoso per l'importante contributo che aveva dato alla cattura del famigerato Clan dei Siciliani.

Prima che la cosa fosse resa ufficiale, Sam Martini,

l'amico barista, se lo vide ricomparire davanti con la faccia piena di croste.

«Ancora una fiorentina, questa volta con l'osso?» gli chiese impressionato.

«No, una siciliana!» rispose Pippo, e poi aggiunse: «Cosca mafiosa!».

In quanto ad Aureliano Senzaterranéfissadimora, che aveva visto la figlia scomparire tredici anni prima con un uomo, se la vide ora ricomparire di nuovo con un uomo. Poiché nessuno gli aveva detto che il tiratore di coltelli era nel frattempo diventato un cantante miliardario, reputò che un detective fosse comunque meglio di un tiratore di coltelli. Pensò anche (pensiero meschino, lo so!) che se Pippo Merlo fosse diventato suo genero, sicuramente non avrebbe dovuto pagargli la profumata parcella che gli aveva promesso.

La cosa che gli interessava di più, era comunque l'apertura e la lettura del famoso testamento che adesso, alla presenza di Ester, si poteva finalmente fare.

Ma il contenuto del testamento non fu una bella sorpresa per Aureliano Senzaterranéfissadimora e lo capirete leggendolo:

TESTAMENTO DI CARMEN CALZINO

Questo è il mio testamento che lascio nelle mani del notaio Frescobaldi perché venga letto ai miei eredi e fatto rispettare alla mia morte.

Voglio che mio figlio Aureliano sappia che ho fatto cambiare il testamento nella data riportata in calce a questo documento perché in tale data ho ritrovato, per caso, in fondo a un cassetto della scrivania, nel salottino blu, una vecchia lettera di mia nipote Ester. In questa lettera, Ester lo informava di aver messo al mondo una bambina di nome Luna, di essere stata abbandonata dal tiratore di coltelli col quale era fuggita e gli chiedeva il suo perdono, implorandolo di riaccogliere a casa lei e la bambina.

Mio figlio non mi fece mai parola di questa lettera, non rispose mai a sua figlia e quando lo pregavo di cercare Ester e di farla tornare a casa, lui mi assicurava di averla fatta cercare ma che nessuno era riuscito a rintracciarla.

Poiché mio figlio dunque mi ha sempre mentito, e si è comportato in modo crudele con la propria figlia e la propria nipote, che purtroppo non ho potuto mai conoscere, ho redatto questo nuovo testamento.

Dispongo pertanto che tutte le mie ricchezze vadano a Ester e poi a sua figlia Luna. Prego mia nipote di essere lei capace di accordare quel perdono che non ha mai ricevuto e di lasciare a suo padre Aureliano l'incarico e lo stipendio di di-

rettore di tutte le mie fabbriche siderurgiche che passano a lei di proprietà.

Seguiva la data e la firma. Carmen Calzino era morta pochi giorni dopo quella data, forse per il dispiacere della triste scoperta.

Pippo Merlo, che era presente all'apertura del testamento in veste di fidanzato di una degli eredi, alla fine della lettura fece un grande sbadiglio e crollò addormentato: con una certa emozione, si era reso conto di essere il fidanzato di una miliardaria.

Aureliano Senzaterranéfissadimora lo invidiò un po', se avesse potuto avrebbe dormito anche lui per non provare l'umiliazione che provava.

Luna era così felice di avere ritrovato sua madre che l'improvvisa ricchezza non accrebbe di molto la sua gioia, se non per il fatto che poté sistemare tutti i suoi amici in un'ala della grande villa dove ora abitava.

D'altra parte, ormai, sia lei che gli amici guadagnavano abbastanza per conto loro. I Popluna, infatti, su insistente richiesta di Jim Enon, erano diventati il gruppo spalla dei Ramarri Urlanti, e aprivano e terminavano i loro concerti con una danza sul palco.

Naturalmente da quella danza scaturiva una musica che ormai ben conoscete (e mi dispiace molto che non possiate anche ascoltarla!). Quella magica musica pop predisponeva gli animi degli spettatori nel miglior modo possibile prima del concerto e li faceva andar via, alla fine, più felici e più leggeri, come sulle ali di un lieve sogno.

Jim Enon era orgoglioso di sua figlia e Luna cominciava a perdonare e apprezzare quello strano padre. Dopo essere stata sola al mondo, adesso aveva una madre e due padri, poiché anche Pippo Merlo era ben felice di occuparsi di lei ed erano diventati buoni amici. Quando ci pensava, le veniva voglia di ballare e allora s'incantava da sola, con la sua stessa musica, in un sogno che era uguale in tutto e per tutto alla sua vita attuale.

Volete sapere di più su questo strano dono musicale di Luna?

In realtà, c'è poco da sapere, era nata così.

«Quando è nata,» raccontava Ester «ha cominciato a scalciare, come tutti i neonati, e allora in sala parto si è sprigionata così, dal nulla, un'incredibile musica pop. Il medico ballava con l'ostetrica e io mi sono persa nel ricordo di una notte di luna piena, una notte nella quale ero fuggita di casa per seguire l'amore. In quel momento, decisi di chiamare Luna mia figlia».

Be', se la storia finisse così, finirebbe in modo molto poetico e romantico, ma so che vorrete senz'altro notizie anche di Jo Pantegana, di 'O Scarrafone e del Clan dei Siciliani.

Ci fu un lungo processo, prima del quale Jo Pantegana aveva ordinato a tutti i suoi: «Mi raccomando, acqua in bocca!».

«Pensavo si dicesse whisky in bocca!» aveva detto 'O Scarrafone, ma comunque aveva fatto una promessa al suo capo: «Sarò muto come un pappagallo, muto come una bomba!».

«Per carità, muto come un pesce e come una tomba!» si era raccomandato Jo Pantegana.

Ma al processo 'O Scarrafone parlò proprio come un pappagallo e le sue rivelazioni furono una vera bomba, perché raccontò tutti i delitti e i misfatti perpetrati per anni dal Clan dei Siciliani.

Lo fece per farsi diminuire la pena, come gli avevano promesso che avrebbero fatto se avesse collaborato. Così Jo Pantegana e i suoi soci ebbero tutti dai 101 ai 347 anni e mezzo di carcere, mentre 'O Scarrafone solo 53.

In realtà, una volta in prigione, 'O Scarrafone non ebbe più nessuna voglia di uscirne. Gli avevano concesso di fare il cuoco del carcere e il nuovo mestiere lo rendeva soddisfatto e felice.

«'O Scarrafone, facci ancora il minestrone!» gli urlavano tutti i carcerati, proprio come nel suo sogno.

32
100
SPE

Ma per fortuna le celle erano ben riscaldate. In carcere, l'ex guardia del corpo di Jo Pantegana ci stava bene e spesso, mentre era ai fornelli, diceva: «Non tutto il male viene per nuocere, a volte viene per... cuocere!».

Come mai il detto era giusto, anche se lo aveva un po' modificato per adattarlo al suo caso? Era giusto perché, da quando era in carcere, 'O Scarrafone aveva ricevuto in dono un libro prezioso che leggeva, rileggeva e studiava con passione.

Era intitolato *Tutti i proverbi* e la dedica in prima pagina diceva:

«Tutto è bene quel che finisce bene
e ogni scarrafone è bello a mamma sua!
Con i nostri migliori auguri,
I Popluna».

INDICE

Paola Mingoni
La fabbrica dei topi

Chiara Rapaccini
Dammi un whisky, Samanta!

Silvia Roncaglia
Il grande sbadiglio

Elisa Prati
I pensieri nell'armadio

Christine Nöstlinger
Occhio al professore!

Luigi Ballerini
L'estate di Nico

Dalia B.Y Cohen
Uri e Sami